AF234035

8º Z
6042

Les Cahiers ...
et de bibliographie

Publiés sous la direction de F. C. ...

RÉDACTION ET ADMINISTRATION
... Rue Claude Lorrain ...

Les cahiers suivants sont en préparation

Art

RAPHAEL LEWISOHN
GEORGES D'ESPAGNAT
CHARLES LACOSTE
ERNEST T. ROSEN
ALBERT ANDRÉ

Histoire

...
... de volumes ...
... VOLUMES IN-8° ...
... POUR LA CHIMIE ...
ETC. ETC.

Il souscrit à chaque cahier contre la ...
de soixante-dix centimes.

POUR UN NUMÉRO SPÉCIMEN CONTRE 0.70

Signification de l'Art

Passer en revue la production d'une année, c'est déjà prendre un recul, c'est essayer de se faire une idée de ce qu'apercevra la postérité, de nos efforts et de nos œuvres. Il est trop clair que presque toute notre agitation sera évanouie. Il en est des œuvres de l'esprit comme des villes d'où l'on s'éloigne. On se retourne, de temps à autre, et la silhouette se simplifie à mesure que la route s'allonge. De loin, quelques monuments seuls émergent. De très loin, très loin, on ne voit plus rien qu'une brume, que la nuit des temps, le néant.

Il ne faut donc pas se placer trop loin pour établir une revue de l'année écoulée. Avec tous les soucis d'ensemble et de vérité qui peuvent être les nôtres, nous sommes trop de notre temps pour nous abstraire aussi vite, aussi complètement, d'hier et d'aujourd'hui.

Heureusement pour nous ! car nous ne jouirions pas des choses, ne trouverions pas grande saveur à la vie qui nous entoure, à la vie personnelle que nous vivons. L'idée d'un premier classement, revisable par nos successeurs, nous vient donc simplement à l'esprit. Parmi tout ce qui a été actualité de vingt-quatre heures ou de cinq minutes, le souvenir a retenu ce qui s'est trouvé en rapport avec nos idées générales, avec notre émotion. Il a retenu aussi ce qui nous a heurté, ce qui a suscité en nous une discussion. Et puis, en dehors de cela, un grand silence, un grand vide, l'immense désert d'art des redites, des pastiches, des continuations de médiocres habiletés, de

1

pratiques de métier, de raisons sociales péniblement maintenues.

Il n'y a pas ici, qu'on le croie bien, une opinion violente exprimée au hasard, mais une constatation tranquille. Toute l'histoire de l'Art est là qui atteste la rareté du génie, et même du talent, la hautaine exception des œuvres souveraines. Pourquoi les choses auraient-elles changé de nos jours ? Pourquoi tout compterait-il, des milliers et des milliers d'œuvres exhibées chaque année ?

Aussi, une impression confuse reste-t-elle des grands et des petits Salons. Il est impossible de se rappeler autre chose qu'une œuvre individuelle, une œuvre marquée au sceau d'une observation particulière, d'une sensibilité profonde, d'une pensée supérieure, lorsque cette œuvre s'est présentée parmi l'amas coutumier.

C'est avec ces œuvres espacées, aperçues de loin en loin, que se fait plus tard l'histoire d'une école nationale. Il en fut ainsi en Italie, en Espagne, en France, en Flandre, partout.

Muni d'une telle opinion, basée sur l'expérience continue des siècles, on voit, telle qu'elle est, la vanité des désignations de groupes, de sous-groupes, écoles particulières, on se soucie peu des brandissements de drapeaux, des programmes, des affiches, des déclarations où chaque troupe se proclame seule en possession de la seule vérité. Ces réunions, ces programmes, ces batailles, cela, certes, est nécessaire à la vie, mais il importe de reconnaître que c'est tactique sociale, et non expression d'un dogme esthétique. Les dogmes se succèdent, s'écroulent les uns sur les autres, les théories deviennent des curiosités intellectuelles, des menus fragments de la pensée humaine. L'énorme majorité des œuvres conçues en vertu de ces théories disparaît sans laisser de trace, — la seule œuvre reste qui exprime fortement la prise de possession des choses par l'artiste.

Les dénominations usitées aujourd'hui : impressionnistes, néo-impressionnistes, symbolistes, idéistes, mystiques, importent donc peu. L'important n'est pas dans les mots.

Toute la critique d'art ne peut être que la sensation d'un passant, issue d'un spectacle et d'une comparaison : le spectacle des choses, la comparaison des choses avec l'explication qu'en donne l'Art. Tout se tient, tout se relie à la Nature et à l'Humanité issue de cette Nature. L'homme est un témoin de sa propre existence et de l'univers qui l'entoure. L'Art est le témoignage qu'il laisse, comme il laisse sa philosophie, sa littérature, ses actes. La vérité ne peut se trouver enclose dans une formule, elle est universelle, chaque individu en représente une parcelle, — elle se confond avec la vie.

Dire pourquoi l'on écrit des pages de critique d'art, c'est dire pourquoi l'on a choisi la littérature comme moyen d'expression, c'est dire pourquoi l'on écrit.

Les procédés, les techniques, la matérialité des arts plastiques disparaissent ici, et il faut bien en arriver à découvrir et à formuler le vrai sens des choses. L'Art, comme le reste, rentre dans la vie, sert de preuve à l'expérience de chaque jour, devient significatif de notre état conscient, de notre philosophie de l'existence. La manifestation quelconque de littérature, de peinture, de sculpture, de musique, ne vaut que par la confidence exaltée qu'elle représente, par le témoignage apporté sur l'Univers par l'homme qui apparaît, qui passe, qui disparaît, être passager qui laisse sa marque durable dans cet espace qui lui survit.

L'œuvre d'art, ainsi, prend sa place dans le champ d'observation de notre esprit, exactement comme le passé rêvé, comme le présent observé, comme l'avenir pressenti. Elle s'inscrit parmi les actes humains, elle est un témoignage et un testament. La critique qui s'exerce à montrer et à expliquer cette œuvre d'art, équivaut donc au même travail de savoir et de passion, qui fait revivre les disparus dans l'Histoire et anime les vivants dans le Roman. C'est une critique qui part de l'observation, c'est-à-dire des faits, de la nature, et qui aboutit à l'imagination, c'est-à-dire à un état d'esprit créé par le contact d'un être avec l'univers. La promenade d'un sensitif à travers l'Art peut donc aboutir à une œuvre de vérité, au même titre qu'une expérience de la vie — à la condition que cette expérience soit aussi présente — puisque l'Art et la vie se confondent, puisque la vie révolue n'existe plus que par le résumé et l'attestation de l'Art.

Tout est dans tout, et l'unité des phénomènes de tous ordres s'aperçoit vite, pour peu qu'on y réfléchisse. Dans l'œuvre d'art, comme dans toutes nos phases de sensibilité et de passion, je trouve les preuves du socialisme qui m'émeut, de la philosophie de lumière, d'harmonie, de vérité, à laquelle je voudrais atteindre.

Ce n'est pas la philosophie restreinte à la sensation égoïste, mais la solidarité établie avec tout ce qui existe. C'est le poème de la terre qui nous porte, écrit avec la force qui possède, avec l'émotion qui adore. C'est l'enivrement passager de l'heure qui sonne et ne reviendra plus, la grâce éphémère de la vie fixée dans l'instant, prolongée par la synthèse de l'œuvre expressive. Pendant la minute que nous vivons, le décor de l'univers se réflète en nous, — les champs, les bois, les rivières, les fleurs, la mer, les nuages, — et les admirables physionomies qui expriment avec tant d'ardeur le désir de vivre, la hâte de profiter des jours, la mélancolie consciente de l'éphémère.

L'œuvre d'art devient ainsi l'histoire des humbles qui n'ont pas d'histoire, l'apparition continuée de tout ce qui a disparu. C'est la survie, malgré les siècles et malgré le néant, de l'être qui a pris la parole pour tous et qui transmet avec lui toute l'humanité qu'il a incarnée, que l'on aurait pu croire à jamais obscure, définitivement abolie, et qui se perpétue, pour aussi longtemps que durera notre état de matière, par quelques lignes d'écriture, par une toile peinte, par un geste de statue.

GUSTAVE GEFFROY.

Les Salons du Printemps

par J.-C. Holl

Avant d'aborder l'étude des trois salons du printemps, nous essaierons de noter quelques faits d'ordre général que nous suggère cette manifestation annuelle.

L'ensemble des œuvres atteint le nombre de 11747. Ces chiffres prouveraient au premier abord la vitalité ou le goût des Beaux-Arts en France, mais tous ces envois ne se distinguent pas par une originalité transcendante et nous sommes obligés de convenir que si l'on fait beaucoup de peinture, celle-ci n'est pas toujours l'expression proétique de la vie.

De vieilles formules, qu'on croyait oubliées, ressuscitent et, par contre, toutes les exagérations, les licences et les fantaisies prennent naissance dans le cerveau des jeunes artistes.

Les Salons des *Artistes français* et des *Indépendants* nous offriront les termes extrêmes de cette comparaison. Les *Artistes français*, école de la routine et du procédé, où l'Art trop souvent se réduit à une question de métier et d'intrigues, tue peu à peu le dernier germe d'indépendance nécessaire à la lutte d'aujourd'hui. L'existence des *Indépendants* prouve sa vitalité et il serait ridicule d'en contester la bravoure utile car d'excellents peintres y ont réfugié leur fierté. La plupart possèdent la hardiesse junévile, ses exagérations, ses outrances aussi. Ce beau souffle libertaire explique leur audace d'expression et l'étrangeté de certains sujets, mais on y retrouve mieux qu'ailleurs cette fraîcheur des émois adolescents, la volupté des sens affirmée par des nudités truculentes, mais aussi tout le stupre informe des chastes et des insatisfaits.

Néanmoins, le souvenir des maîtres impressionnistes plane sur ces jeunes talents et cette floraison d'œuvres chante, gauchement peut-être, la glorification de la lumière et la religion de la liberté.

Par l'exemple de l'affranchissement, la *Nationale* doit aussi aux Impressionnistes son existence d'abord, son orientation ensuite. Ce Salon représente vraiment l'art national et sa vitalité est considérable. Les talents les plus divers s'y coudoient et l'on sent à parcourir ses salles que l'on se trouve parmi des visions justes, des talents mûrs.

Les talents isolés qui donnent aux *Artistes Français* sa raison d'être s'étiolent dans l'immense banalité qui consacre chaque année le renom de cette succursale de l'Ecole.

Pourquoi ne créerait-on pas un Salon unique composé des meilleurs artistes de notre époque ?

M. Roll, qui vient d'être promu à la présidence de la *Nationale*, est, par son esprit libéral et son grand talent, tout indiqué pour former ce Bloc qui donnerait au mouvement artistique moderne un essor d'unité incomparable et dirigerait son évolution vers le magnifique horizon de vie et de lumière qu'ont découvert de grands artistes comme Monet, Pissarro, Renoir et Rodin.

LES INDÉPENDANTS

Les Indépendants ont eu l'heureuse idée de rendre hommage à deux disparus par une exposition rétrospective de quelques-unes de leurs œuvres.

Van Gogh et Georges Seurat, tous deux morts jeunes, à l'âge où l'on prend conscience de son talent, sont représentés ici par quelques toiles d'une force réelle. Van Gogh n'aimait pas la banalité et devant ces œuvres très harmonieuses dans leurs violences, on suit l'évolution de cet artiste âpre et tourmenté. Rien ne donnera l'impression de sarcasme et de révolte comme cette belle *Ronde des prisonniers* aux gestes mécaniquement soumis, qui tournent au sein du préau glacial de la prison.

Georges Seurat fut un théoricien qui dépensa son talent à fragmenter les tons infinis de sa palette et à peindre avec la science d'un grand coloriste. Certes, il y manque la belle fougue du jeune homme conquis par la prestigieuse beauté de la nature, mais dans son œuvre, à côté du travailleur méthodique et raisonné, apparaît une âme harmonieuse.

captivée par la sérénité infinie des belles couleurs et l'arrangement placide de la vie.

Ces deux noms rappellent des manifestations fiévreuses. Du groupe néo-impressionniste dont Seurat fut un membre écouté subsistent d'excellents artistes. Leur sincérité et leur tenacité excusent cette fierté de vouloir se tenir à l'écart en donnant ainsi à ce salon son caractère combatif et indépendant. Quelques-uns ont émigré vers les autres Salons, mais soucieux de reconnaissance, ils se sont souvenu de leurs débuts.

Le pointillisme, représenté par MM. Signac, Cross, Angrand, Henri Matisse, n'est pas encore parvenu à donner sa mesure et à plier le procédé à la vision unitaire de la vie. Baudelaire n'avait certes pas rêvé pour son admirable *Invitation au voyage*, l'illustration de M. Matisse : *Luxe calme et volupté*. M. Rysselberghe par contre montre plus d'habileté et son *Torse de femme nue* est un beau morceau, savamment fondu et mis en lumière où la vie de la chair s'épanouit. Avec cette même technique M. Baudin est étonnant de fraîcheur et de virilité dans la *Toilette interrompue*.

En somme le procédé peut aboutir, comme le démontrent presque ces deux derniers artistes, mais les difficultés auxquelles il se heurte ont rebuté la plupart des jeunes qu'attira la manière large de Manet. Ce grand souvenir, comme une présence occulte, vivifie la masse de ceux qui, libérés et encouragés par les impressionnistes, voulurent trouver dans cette voie la réalisation de leur talent. Parmi eux, de très bons peintres qui seront plus tard les représentants de notre école française se vouent franchement à la recherche intégrale de la juste vision des choses. Des noms se pressent sous ma plume, mais la multiplicité des œuvres m'oblige à les étudier sous les différentes dénominations des genres.

PORTRAIT ET NU

L'honneur au président du Salon.

M. Valton peint avec sobriété et force ; la commission d'achat fut très perspicace en choisissant ce portrait qui figurerait avec bonheur au Louvre. J'aime moins ce nu avec des roses, mais dans le réalisme l'artiste est d'une supériorité incontestable.

L'envoi le plus curieux est celui de M. Vallotton : *Femme couchée*. Je ferais injure à la probité connue de cet artiste en lui rappelant la toile de Manet au Luxembourg. Seule la pose suggère cette réflexion, mais la peinture est très originale. L'attitude calme de cette femme au repos s'harmonise à sa chair grasse et rosée.

M. Louis Paviot devient de plus en plus un réaliste coloré. *Avant le tub* est un nu de belle ampleur, de facture large et d'un ensemble parfait. Quoi de plus délicieux que cette *Femme nue endormie* dont la chair s'étale dans l'intimité de l'alcôve. M. Paviot conquiert d'année en année, et à grands pas, la maîtrise que lui réservent plus tard sa palette riche et son sens profond des réalités.

J'ai beaucoup aimé le *préféré* de M. Robert Besnard et surtout le *chien japonais*. Cette femme aux épaules divines qui tombent en une courbe grasse et floue dans cette masse bleue qu'est la robe, sa tête pensive et belle sont d'une harmonie ravissante.

Le charme de la femme, la souplesse infinie de ses attitudes, la délicatesse de ses formes font l'attrait de deux talents curieux. Mlle Bermond sait exprimer la grâce irrésistible du sourire dans le *Déjeuner au jardin* où la femme offre si joliment à ses dents de nacre la grappe claire du raisin. Mme Marval excelle à traduire la fluidité vaporeuse des chairs épanouies, l'attrait séduisant des enfants dont les mines jolies se parent de sourires. *Automne* est une toile exquise où, dans l'atmosphère chaude, les chairs et les attitudes s'harmonisent au décor d'une tendre poésie.

Sans parler de la science impeccable du mouvement qu'on connait à M. Hermann-Paul, cet artiste peint avec une sobriété grave qui rehausse d'une discrète élégance l'harmonie de son coloris. Les *Portraits de Mlle H.-C.*, *Jeune garçon* et *En visite* sont tout à fait charmants. Le bleu des yeux, nostalgique au fond des regards si clairs, attire et fait songer à des êtres rares qui nous deviennent aussitôt sympathiques.

M. Castelucho, au talent considérable, expose *Danseuse*, d'une lumière ravissante. On sent la femme vibrer au rythme, prête à s'élancer dans une de ces danses violentes et souples, et sa silhouette fortement contrastée respire âprement la joie de la vie. Les *Danseurs*, enlacés, collés presque, tant l'emprise du rythme les unit, tournoient joliment tandis qu'on aperçoit la figure ravie de la danseuse sur l'épaule de son cavalier. *Baigneuse* est un nu sobre d'un coloris charmant, mais quelle tendresse dans *Femme et Enfant !*

Après ces quelques noms mis en avant, nous avons d'excellents portraitistes et peintres du nu.

Dans la note sobre, M. Henri Déziré, avec la *Dame en noir* et *Etude de Jeune fille*, continue l'évolution de son talent signalé l'an passé aux *Artistes Français*. Notons encore M. Hast, dont j'ai beaucoup admiré *Impressions*, M. Jourdan à la facture large et aisée, MM. Plumet et Larramet aux élégances naturelles, M. Morinot aux couleurs truculentes, Mlle Darbour, dont l'*Amazone*, très en relief, est ravissante, M. Jelka-Rosen aux attitudes heureuses.

D'autres artistes voient la chair dans une lumière blonde et douce qui baigne les visages et les épaules.

Citons M. Greb qui sait colorer les ombres et rappelle sans l'imiter l'inimitable et savoureux Renoir ; M. Gerhardi, dont le *Portrait de Margareta P...* est une véritable symphonie en blanc ; Mlle Derousse et M. d'Eaubonne, à qui je reprocherai le coloris trop violent des figures, mais dont les attitudes sont vraies. De très harmonieux portraits sont signés par MM. Lacaze, Roberty, et j'aime infiniment la touche légère de Mlle Gobillard, la fraîcheur et la candeur de la *Petite Gardeuse de chèvres* aux yeux bleus par M. Barcet, la tendresse, la lumière et le charme de M. Ottmann dans *Jeune Femme lisant*.

Le Nu est crànement représenté par M. Baignières, dont la couleur violente relève si prestement les attitudes, M. Manguin, dont la peinture sombre obtient de si jolis contrastes dans l'*Atelier* ; M. Gatty, portraitiste excellent, qui peint largement le nu et dont la *Femme aux Oranges*, bien que d'une chair un peu sombre, révèle de grandes qualités de force et de vie. Je citerai M. Brin pour la souplesse des attitudes, M. Auguste Matisse pour le charme de ses symboles et la belle conception de l'*Heure dorée*, M. Puy aux larges morceaux de nu, Mme Franconville aux raccourcis savoureux, Mlles Lemoine et Frémont, dont j'apprécie la grâce légère. M. Sue expose une *Baigneuse* de belle allure, entourée d'une bien défectueuse décoration, et M. Briaudeau enveloppe d'une belle lumière blanche une *Femme couchée*.

M. Jungers est un animalier dont il faut louer les nobles efforts.

PAYSAGE

Les paysagistes sont nombreux et fort intéressants. Ce goût prononcé des jeunes pour le paysage indique une résolution constante à vouloir chercher dans la nature même l'émotion poétique qui charme l'âme de l'artiste, du lettré, de tout être qui aime à voir dans les choses le reflet de sa propre existence. Sans chercher à rapetisser l'individualité de chacun, je remarque plusieurs manières de traduire la vie végétale. Les uns brochent les couleurs dans un heurt de tons qui s'harmonisent; les autres s'assimilent assez bien la manière impressionniste. D'aucuns procèdent par larges taches, par fortes et sommaires oppositions ; d'autres enfin arrivent à l'harmonie par des fusions imperceptibles de nuances dans une symphonie générale du coloris.

Parmi les premiers, nous citerons M. Diriks, au talent connu et apprécié à sa juste valeur, M. Dagnac-Rivière qui parvient à une variété considérable et dont les couleurs chaudes se diversifient en clartés éclatantes, M. Numa Gillet pour son beau *Dimanche d'Automne*, d'une poésie si douce, d'une allure si franche, M. Cat, M. Ranft qui apporte en peinture la même force et le même charme que dans ses eaux-fortes en couleurs. M. Malone-Blondelle, par le moulage des couleurs, obtient une peinture très drôle. Il y a dans *La Mer et les Rochers de Californie* un effet d'écume surprenant. Mais *une petite porte française* couverte d'une verdure en treille allumée de soleil donne à ce petit coin de campagne une poésie gaie, vivace, une chaude impression de réalité.

L'exemple de Monet, de Pissarro, de Sisley a conquis bon nombre de peintres qui, malgré quelques hésitations, deviendront, avec l'expérience, les dignes émules de cette religion de la lumière. Tous n'apportent pas une maîtrise, mais beaucoup s'affirment des talents souples dont la sensibilité s'émeut à la moindre beauté. L'influence de Monet et de Pissarro se remarque plus spécialement chez M. Barbier, dont le talent promet beaucoup. M. Pierre Delaunay noie les choses dans une lumière bleuâtre et aérée. MM. Judin et Hélis sont très harmonieux ; M. Clary-Baroux, un peu composite, fera plus tard un bon coloriste ; M. Le Fauconnier est très personnel avec l'*Institut dans le brouillard*, M. Cirou, très original, expose une *Mare aux oies* d'un coloris clair et nuancé. Citons aussi MM. Le Bail, Hocquard et Mutzner, dont les nobles efforts sont dignes d'être appréciés.

Dans la manière large et contrastée, nous signalerons le *Port de Ribérou* par M. Auran, la *Maison de campagne* par M. Cariot dont le coloris manque un peu de souplesse, les envois si bien en relief, si larges de MM. Camoin et Detroy, *Camaret* par M. Dezaunay un peu froid, *Eté* et *Automne* par M. Brunel. Très belles les *Maisons au bord de l'eau* par M. Roussel-Masure dont les violences de coloris s'atténuent de plus en plus, mais je signale à M. Le Beau son affinité avec ce dernier artiste. J'avoue ne pas goûter complètement les turbulences de M. Valtat, trop schématique, ni les eaux tourmentées et mal équilibrées de M. Dambourgez si riche coloriste pourtant. M. Rouveyre donne à sa peinture la même déformation caricaturale qui fit son succès d'humoriste. Ces peintres, à mon avis, ignorent la poésie subtile de l'éphémère, la vision momentanée d'une symphonie lumineuse qui donne au paysage toute sa signification.

Combien plus subtils et plus harmonieux les peintres suivants. Sous leur pinceau les choses réflètent une âme, le sentiment même de celui qui les vit à un moment donné de son existence, à travers la tendresse, la mélancolie ou la joie de son être. Car c'est un peu de nous que nous mettons dans les choses et cette émotion nous l'emprisonnons dans l'œuvre d'art.

Quoi de plus harmonieux que les paysages du soir de M. Francis Jourdain ; c'est la nature vue avec une âme de poète. M Heyerdahl fut charmé par le pittoresque des vieux coins de la Butte qu'il nous représente avec beaucoup de grâce champêtre. Les envois de M. Lemaître sont délicats et harmonieux ; cet artiste sait admirablement mettre en relief toute la signification poétique d'un paysage comme dans *Brouillard matinal* et *Retour à la mine*. M. Duval-Gozlan emprisonne dans l'eau les mille reflets qui la parent de somptueuses couleurs, et M. Igounet de Villers, en Parisien qu'il est, aime la Seine et peint avec brio les nuances infinies de son eau trouble ; louons-le pour la *Rue du Mont-Cenis* d'une perspective étonnante et d'une belle lumière. Très bons les envois de M. Van Coppenole, aux eaux profondes et gaies ; de M. Friesz qui exprime avec bonheur le charme des bois en automne ; de M. Soull'ard, clair et lumineux, de M. Lahaye qui colore gaiment les eaux des lumières nacrées du matin. Les paysages de M. Koutznetsoff sont remarquables par l'ampleur que leur donne l'aération.

N'oublions pas les lumières harmonieuses, les tons grisâtres et doux de M. Dusouchet et de Mlle Georges dont je loue en passant l'heureux symbole : *la jalousie* qui fut très remarqué. Deux noms s'assemblent sous ma plume, ceux de MM. Chapuis et Buttler pour l'impression très belle que procurent ces deux toiles, *Paris* et la *Statue de la Liberté à New-York*. On n'est pas indifférent aux couleurs chaudes et ambrées de MM. Tixier et Torent et j'apprécie beaucoup le talent subtil de MM. Sauvé, Korochawski, Sallès, Leroux, Ribaucourt dont la facture rappelle celle de Jongkind. Citons enfin MM. Gabriel Rousseau, Viallate, Adolphe Albert, Lebasque dont j'avais oublié les belles toiles : *Jardin, au bord de l'eau*, Delahogue, Janssaud, Robert Delaunay, etc. Je signale aussi la curieuse facture de 'M. Delpech qui peint à la manière des primitifs.

LA VIE MODERNE

La vie moderne sous ses multiples aspects trouve des observateurs méticuleux et des peintres chaleureux. Les mendiants sans gîte, aux faces lacérées par la misère, les humbles qui peinent, les tranquilles oisivetés de l'aisance et les extravagances des gens qui s'amusent, toutes ces faces de notre société à contrastes se trouvent ici représentées.

M. Merodack-Jeanneau montre de l'ampleur et de la force dans *Mélancolie*, large morceau de réalisme, et c'est aussi d'un réalisme cruel ce remarquable *Groupe de chômeurs aux soupes populaires* par M. Hourtal. Dans la même note, M. Rosenberg est très séduisant et nous avons tous rencontré quelque part les *Deux vieilles marchandes de légumes*, aux gestes si précis, aux attitudes cassées par l'âge. La vie des travailleurs, les rudes besognes des chantiers ont deux interprètes sincères, MM. Le Petit et Cœuret. Ce dernier excelle à mettre en relief le travail musculaire, la nature fruste des terrassiers. Son talent souple se diversifie heureusement par des paysages d'une belle lumière et j'aime infiniment *Autrefois* qui évoque des silhouettes du xviiie siècle avec une harmonie comparable à celle de notre élégant Watteau.

Les joies sereines de la vie, les jeux dans les jardins publics, les scènes familières de l'existence populaire et bourgeoise se déroulent avec charme dans des cadres divers.

Nous mentionnerons M. Raoul Carré, dont la peinture claire, lumineuse et colorée captive. Charmantes ces scènes au bord du lac où les enfants jouent auprès de leurs mères qui s'amusent avec les cygnes. Le *Marché aux oies en Poitou* est délicieux, par le frémissement de la tache blanche des oies autour desquelles veillent des paysannes aux attitudes pittoresques. Charmant aussi le *Colin-Maillard* de M. Pilatrie. Les *Couturières* de M. Gatier, les *Bretonnes* et *Jeunes filles* de Mlle Ribot se distinguent par le naturel de leurs attitudes, la sobriété grave de leurs mouvements. M. Dupont sait exprimer la tendresse des mères dans *Câlinerie* et *Maternité*. M. Casimir Brau se révèle un délicat intimiste dans *Lettre de femme,* où la lumière blanche affine davantage la souplesse élégante des deux lectrices.

Intimiste aussi, M. Zuricher, dont la peinture légère convient parfaitement aux scènes choisies. Voici la petite fille, blottie sous l'édredon, qui joue avec Minet, deux autres qui lutinent un petit chien, plus loin la maman qui donne à téter. La douce lumière dont il éclaire ces scènes dénote en lui le sentiment délicat de la vie. M. Dervaux nous transporte parmi les ouvrières ; *la Veillée* est une page délicieuse de la vie de nos Midinettes qui, penchées sous la lampe, confectionnent en se jouant, le sourire aux lèvres, les chapeaux des belles madames. M. Gil Baer nous introduit dans une *Université populaire*. Les attitudes graves et réfléchies des spectateurs, la lumière blonde d'une lampe éclairant ces visages rudes, tout est d'une fine observation, d'un réalisme poétique.

Avec M. Tony Minartz nous avons le décor bruyant des music-halls où évoluent et grimacent les types de noceurs et de demi-mondaines. La peinture de cet artiste étrange est aussi svelte que les attitudes de ses personnages. Des lumières crues zèbrent de reflets criards les faces ou les cambrures, des masques vicieux surgissent des pénombres douteuses et tout s'harmonise dans un mouvement extraordinaire de vie intense et surchauffée. Après lui, M. Maurice Desvallières, au talent subtil et fuyant, expose des ébauches, des pochades vives, faites, semble-t-il, dans la fièvre d'une émotion libertine. Avec moins de satire, avec parfois une note de poésie tendre, M. Dufresne nous promène dans les concerts et les cirques. Citons encore parmi ces chroniqueurs du plaisir M. Lempereur, fougueux et passionné, M. Anglay, qui nous donne un tableau coloré et mouvementé des *Folies Bergères*, M. Bartolozzi. Je n'aurai garde d'oublier M. Piet, M. Denis-Valvérane, dont le *Bal à Saint-Rémy en Provence* silhouette un couple qui danse en une attitude amoureuse d'une extraordinaire intensité de vie.

Je place ici M. Maximilien Luce, parce qu'il expose *une rue de Paris en mai 1871*. Je le loue fort pour la manière dont il conçoit la peinture historique qu'il modèle pour ainsi dire sur la réalité. C'est une trouvaille, car sa toile qui pourrait s'intituler *Lendemain de grève*, respire la torpeur épouvantée qui dramatise la vie sociale quand celle-ci se détraque subitement au choc des passions qui ensanglantent la rue de nos jours.

M. Cattrès, malgré sa mauvaise peinture, synthétise âprement le symbole de cette vie sociale par le triptyque: *Vérité*, et il faut le louer pour les contrastes violents avec lesquels il exprime de nobles colères.

INTÉRIEURS, NATURES MORTES ET FLEURS

Les Intérieurs ont de très bons peintres, soucieux de dégager le sentiment réel qu'inspirent à l'observateur les logis somptueux ou simples. Presque tous savent y placer les personnages qui les animent, et donner à l'ensemble le caractère de la vie surprise au milieu de son intimité.

Parmi eux nos préférences vont à MM. Laprade, qui peint avec beaucoup de charme et de nouveauté, Debórne, dont la sobriété donne tant de grâce à *la toilette*, à *la nourrice*, Grass Mick un peu cru mais harmonieux, André Bourgeois, Sainsère, Mlle Thiollier, dont la *Fileuse forézienne* est si poétique, Lebasque, d'une simplicité charmante avec *à table*, Booth, avec un intérieur rempli de reflets, Charlot, Bonnard, qui sait capter la lumière douce des lampes et en parsemer les rayons sur les visages et les meubles. *Le Jupon décousu*, par M. Urbain, est d'une grâce désinvolte et familière, la *Femme en noir* de M. Puy, montre agréablement, dans une pose très abandonnée, le haut de sa jambe qui éclate en rose entre le noir du bas et celui de la jupe relevée. M. Milde surprend assez drôlement une femme grasse dans le négligé de sa toilette.

L'abondance non excessive de ce que MM. les peintres
dénomment par routine « natures mortes » dénote la sincérité notoire des exposants. Car ce genre où Chardin s'illustra
comporte peut-être une vision plus affinée des choses:
Peindre sur un coin de table des objets familiers, des usten-
siles, des fruits ou des légumes, donner à ce coin de nature
l'impression du logis qui l'encadre, ce travail demande à
l'artiste une spontanéité d'impression que distrait à chaque
minute le souci du détail. C'est donc un effort constant que
de s'astreindre à guetter cette vie confuse et fugitive. Les
fleurs demandent aussi beaucoup de sensibilité et leur
existence détachée du décor naturel pour être transplantée
dans les vases ne peut être que la suprême exhalaison de
leurs couleurs et de leurs parfums. Louons donc ces peintres
qui se distinguent, en général, par la fraîcheur et une grâce
familière. Nous avons les envois si sobres. si nets de
M. Briaudeau, l'exquisité de M. Francis Jourdain au talent
souple, harmonieux, fluide ; les fleurs jolies de M. Lemmen.
les fruits savoureux de MM. Paillet et Lehmann, les raisins si
frais de M. Agard, qu'on les croirait cueillis à l'instant de la
treille. N'oublions pas MM. Sérusier, Dufrénoy et Bébin.
Enfin *Fleur* de M. Béchet est d'une simplicité qui donne à
cet humble pot de terre sur lequel végète cette fleur une
poésie douce et mélancolique. M. Béchet a réalisé dans cette
petite toile égarée dans un coin, je ne dirai pas un chef-
d'œuvre, mais une œuvre très belle.

LA PEINTURE DÉCORATIVE

La peinture de M. Charles Guérin est essentiellement décorative quoiqu'elle traduise la vie moderne. La richesse de
sa couleur donne aux choses un aspect luxueux de broderie,
les costumes voulus anciens de ses personnages ajoutent
encore au décoratif des scènes qui sont toutes d'un charmant
coloris.

M. Maurice Denis, dont on connaît le talent harmonieux,
a parfaitement réussi la *Treille*. Ses personnages se baignent dans une lumière blonde qui les diaphanéise parmi
les plantes à la végétation calme et nuancée.

Je place ici M. Soffici, car sa peinture sombre possède de
subtiles harmonies et l'élégance hautaine des personnages
aux attitudes hiératiques les éloigne de la banalité. Pour la

même raison, M. Roubille, réaliste bien moderne dans *le square*, donne à cette œuvre *En promenade* un caractère étrange qui relève davantage de la décoration par le dessin d'abord, par les contrastes notoires ensuite.

M. Sérusier voit le paysage sous sa forme décorative et rend avec bonheur les tons clairs du printemps, le vieil or de l'automne ; M. Peccate également avec de grands arbres vibrant dans la lumière des ciels en feu.

Je réserve enfin M. de Froberville dont les deux *Panneaux décoratifs* sont très beaux. Les attitudes, les tons de la chair nuancée par la verdure qui l'entoure, les mouvements si justes des personnages, tout est d'une parfaite sérénité.

DESSINS, EAUX FORTES, AQUARELLES

Parmi la profusion des œuvres, il est très difficile d'apprécier les dessins, eaux-fortes et aquarelles qui se perdent dans la masse des peintures. Le comité devrait faire une salle à part, car, en général, la gravure est fort bien représentée. Remarquons les nobles essais de M. Rouault, les dessins de M. Robin dont la manière rappelle Forain, moins le mordant satirique, *Satyre et nymphe* de M. Kowalski, les « Helleu » de M. Samagos, les savoureuses études de M. Schutzenberger, le pastel si preste de M. Thélem : *femme en rouge*, les croquis de M. J.-L. Martin, les portraits énergiques de M. Alexandrovitch, le pastel *Etude de Nu* d'une si savoureuse expression par Mme Déplante, les dessins teintés de M. Hœtger.

Pour la bizarrerie de leur conception, signalons les *Masques* et la *Descente aux Enfers de la déesse Istar*, par M. Van Dongen. M. Blix enfin par ses *caricatures des tableaux du Louvre* et leur agencement provoque le rire, pour l'étrange façon dont il déforme ces œuvres classiques. Nous y retrouvons *Mme Récamier* d'une longueur serpentine, les *Trois Grasses*, *Atala*, *la Source* de Ingres, *St-Augustin* de Scheffer, la *Joconde* dont le sourire pourrait souligner en effet la répartie gaillarde d'un plaisant, telle que l'émit un jour je ne sais plus quel railleur.

Dans l'aquarelle, M. Signac se distingue par une clarté délicate et Mme Alice Robertson y est très remarquable. Je ne connais rien d'aussi velouté, aéré que ces notations au coloris fluide et flou qui leur donne une vie ondoyante et frêle.

SCULPTURE

Peu de sculptures, mais de bons sculpteurs. Peu d'allégories, point de grandes machines, des portraits, des silhouettes exprimant la vie, telle la *Misère* de M. Desbois, représentée sous la forme d'une vieille femme dont l'attitude cassée et le corps famélique ont une force si intense, une vérité si douloureuse. *Eve après le péché* par M. Halou respire la sensualité de la passion et son corps dont les contours sont pour ainsi dire modelés par l'amour est un beau morceau de réalité et de vie. Citons aussi les bronzes nerveux de M. Hœtger, *Buste de grand'mère* par M. Bayard, les animaux de M. Christophe, les minois enfantins de M. Schnegg et l'envoi si savoureux de M. Loysel, l'*Abondance*.

LA NATIONALE

PEINTURE DÉCORATIVE

M. Albert Besnard a su rendre à la peinture décorative sa place prépondérante et on fut unanime à reconnaître dans *Apollon et les Heures* qu'il donnait à ce genre un essor incomparable. Ce grand artiste, ce décorateur le plus lumineux de notre époque a mis toute sa science complexe de la composition et du symbole, tout son prestige de coloriste dans cette œuvre qui va s'immortaliser dans la maison de Molière.

M. Roll est un coloriste harmonieux qui joue avec la lumière d'un pinceau sûr et prestigieux, mais j'avoue humblement et regrette sincèrement ne pas goûter le symbole : *Joies de la vie*. Cet immense panneau décoratif qui a dû coûter à l'artiste de longs mois d'efforts et de travail ne me semble pas résumer dans une synthèse nette les joies de l'existence. Certes tous les personnages et les groupes s'agitent et vivent dans un éblouissement de lumière mais je m'étonne que M. Roll ait eu une conception si disparate pour provoquer le charme profond des quatre termes de ce symbole ; art, mouvement, travail, lumière.

2

Plus simple, plus naturel est le panneau de M. Prouvé : *Joie de vivre*. Cet artiste a simplement regardé la vie et en a traduit la joie par l'évocation d'une charmante scène populaire qui pourrait orner les murs d'une Maison du peuple dans une société d'harmonie et de travail. Joie aussi la jolie ronde enfantine de M. Dagnaux, où, dans une lumière blonde et un décor délicat de printemps, la jeunesse rieuse et amusée folâtre au rythme de ces vers :

> Oh primavera ! Gioventu dell' anno
> Oh Gioventu, primavera della vita !

Willette dont la réputation n'est plus à faire expose *Parce domine*, la plus belle page de son œuvre immense ; elle résume admirablement cet esprit caustique et tendre qui a su faire jaillir en des études nerveuses tous les contrastes de la vie contemporaine. Willette, c'est toute la grâce de la romance montmartroise, c'est toute la bohême révoltée mais poétique, c'est aussi et surtout le sarcasme d'un tendre.

Les envois de MM. Friant et Gervex paraissent froids et composés, bien que je remarque et loue le grand effort de réalité et d'adaptation au sujet choisi par M. Gervex. *L'Ile heureuse* de M. Lerolle est une belle et sereine évocation de l'antique et, dans ce même sentiment d'harmonie, la *Suite antique* de M. Auburtin a toute la grâce naïve des anciennes pastorales. Plus dense, avec un sentiment de naïve croyance et de piété tendre, M. Maurice Denis évoque des scènes chrétiennes, mais la *Treille* possède je ne sais quel charme fait de grâce rustique et de poésie.

Dans une note plus moderne, M. Ruppert-Bunny, au talent souple et léger, expose *Endormies*. Cet artiste a le don de charmer et, malgré les influences classiques que l'on devine en lui, il a le mérite de rester personnel et d'apporter une vision très nouvelle des choses. M. Bunny est de ceux qui, forçant brusquement la renommée, peuvent un jour étonner et surprendre.

Avec une conception très neuve de la décoration, M. Jeanniot confirme les espérances que laissait prévoir son talent souple et nerveux. *La Musique* est une scène charmante, parfaitement mise en lumière et en relief, copiant sur la réalité et sur la vie son expression la plus naturelle. Le même sens de la réalité a guidé M. Montenard dans *la cueillette des olives* dont la belle lumière aérée amplifie le paysage ; M. Hubert de la Rochefoucauld pour son panneau

Matin d'Eté ; M. Aubin pour la *Forêt prochaine*, œuvre d'une belle clarté et d'une ordonnance très réussie. M. Osbert dont on connaît le grand art se plaît toujours dans les harmonies savantes et très littéraires.

J'ai beaucoup admiré *la Source* de M. P. Albert Laurens, la grâce légère et surannée d'*Allégorie* par M. Ch. Guérin, le charme poétique de cette interprétation de M. Halford : *le printemps s'évanouit avec les roses.*

On s'arrête involontairement devant *la Femme au perroquet* de M. Bottini et M. Jean Véber a le don d'exciter une curiosité qui aboutit au rire. Fantaisiste, caricatural, coloriste et très littéraire, cet artiste déforme à souhait les visages et les formes, mais, sous cette mascarade, il y a une terrible ironie et une satire mordante.

Je terminerai par la citation de quelques artistes dont les envois dénotent tous de l'originalité ; ce sont MM. Anquetin, Baudouïn, Boutet de Monvel, Richir, Koos et Leriche.

PORTRAIT ET NU

Quand, à l'époque agitée et tumultueuse que nous traversons, succèdera le développement des forces vives humanitaires vers la réalisation immédiate de la Société de travail, d'art et d'harmonie que nous rêvons, les œuvres d'Eugène Carrière resteront la personnification de notre pensée.

Ces visages qui naissent de l'ombre ne disent-ils pas les angoisses, les incertitudes ou les joies calmes de notre existence ? L'âme moderne s'inscrit sur ces faces inoubliables et de tous ces êtres surgis des pénombres énigmatiques, c'est notre vie ardente ou contemplative que réflètent ces yeux dont les regards diront à l'avenir les inquiétudes. C'est dans l'âme de ces visages que Carrière, malgré sa manière identique, se renouvelle ; nous ne pouvons pas en dire autant de MM. Carolus Duran et Weerts dont on retrouve chaque année les mêmes portraits. MM. Lavery et La Gandara, avec une finesse et un brio plus élégants, avec un raffinement de nuances étouffées, se confinent dans une sorte d'aristocratie très caractéristique de la peinture, tandis que M. Aman-Jean, toujours décoratif, donne à ses personnages une sorte de beauté maladive et bien moderne.

Nous laisserons de côté, si vous le voulez bien, les œuvres

trop sucrées de Mme Madeleine Lemaire, afin d'arriver aux deux efforts les plus beaux en ce genre.

M. Lucien Simon a réalisé une de ces œuvres profondes qui marquent date dans l'évolution artistique d'un peintre. C'est pour ainsi dire le brevet indéniable de son talent, car la *Soirée dans un atelier* est non seulement une page délicate de vie, mais aussi un morceau d'une pure harmonie. La lumière y baigne tous les personnages, anime les choses, glisse impalpable sur les formes et donne aux groupes le relief et la vie, le même mouvement d'attention réfléchie à la conversation qui les divise. Rien ne choque, tout est à sa place et personne ne pose, pas même la femme rêveuse et isolée du premier plan qui réfléchit certainement à quelque idée émise par un hôte. Cela, c'est la vie prise dans la réalité de son abandon et de son intimité, c'est la domination de la vie par l'art qui lui survit.

Quelle délicieuse peinture que le *portrait de Mlle Jeanne Rolly* par M. Caro-Delvaille! Tout s'harmonise dans une lumière douce et le décor en vert tendre souligne d'une dis-discrète élégance la beauté de l'actrice. Dans une pose charmante qui met en valeur le relief de son corps admirable, l'actrice, revêtue d'une de ces toilettes transparentes qui la moule à souhait, est si naturelle qu'on s'attend à la voir parler. M. Caro-Delvaille a prouvé la diversité de son talent souple, nuancé, qui jamais ne se répète, et trouve toujours dans cette voie la variété infinie de la vie.

M. Ernest-T. Rosen, dont je suis l'évolution avec beaucoup d'intérêt, est non seulement un artiste mais un poète qui sait mettre aux attitudes, à la lumière dont il nuance le coloris de ses portraits, le reflet d'une pensée, d'un rêve ou d'une symphonie. *Une fleur* est la très délicate expression d'une femme qui apparaît et regarde avec, dans ses yeux, la vision d'une vie rare comme celle qu'évoquerait un poème. *Songeuse* est mieux qu'un portrait, par ce charme poétique qui distingue M. Rosen.

La grâce de l'enfant, la naïveté douce de ses yeux bleus, la finesse expressive de sa figure et aussi le prestige adolescent de la jeune fille font de M. Guiguet un peintre exquis et très souple qui possède, à un rare degré, le sentiment du charme de l'enfant et de la femme.

Nous avons remarqué aussi la souplesse savante de M. Guirand de Scévola, la grâce inconsistante de M. Georges Picard, le talent délicat de M. Delachaux, la discrète lumière de Mme Alice Roberston, la légèreté gracile de M. G. Colin

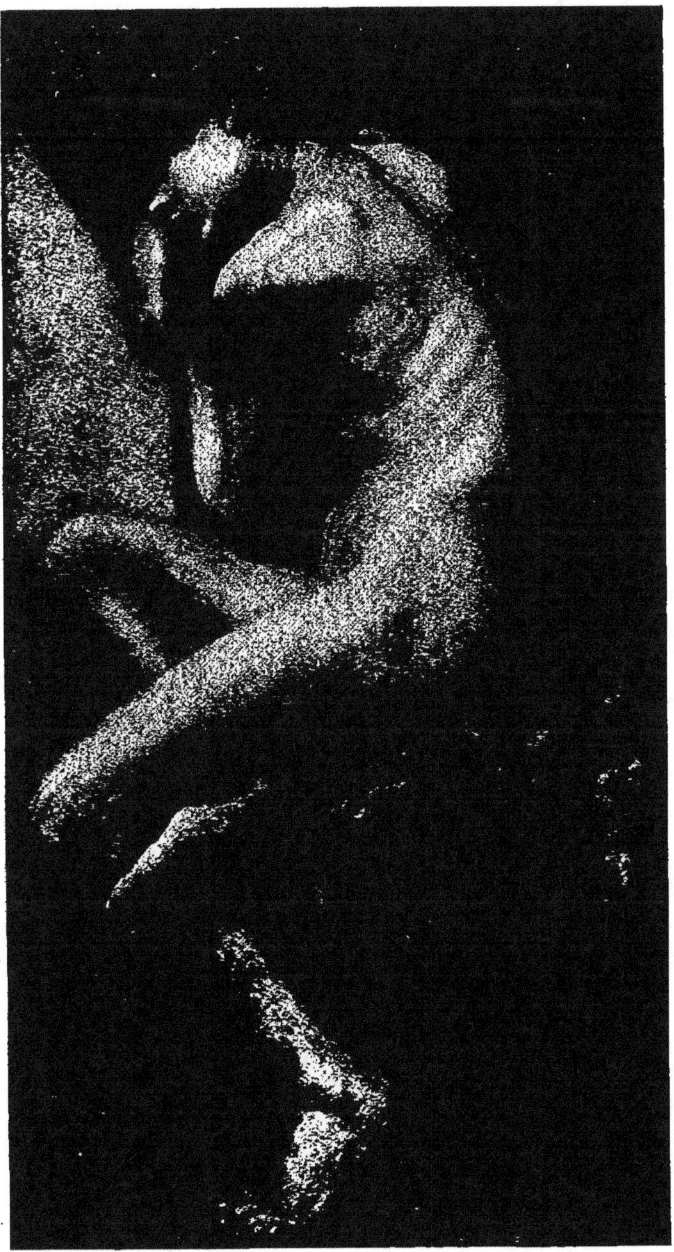

Jeune Italien par Raphaël Lewisohn.

que nous retrouverons au paysage, le portrait clair, simple et très beau signé par M. von Beckerath.

Dans une lumière sombre aux subtiles harmonies, nous noterons les très bons portraits de MM. Maurer, Wagemans, Ullmann, Bastien et Myrton Michalski. M. John Sargent se raidit toujours dans l'élégance froide de l'aristocratie anglaise, et M. Boldini peint avec un brio et une verve intarissables.

Je n'aime pas beaucoup le portrait d'Alphonse XIII, par M. Casas, à la peinture flottante et indécise, mais j'apprécie la saveur archaïque de M. Van Hove, la simplicité rustique de M. Melchers, le naturel de M. Guthrie et de M. Rœderstein, qui expose un très beau portrait de lui-même, la force de M. Scharf.

D'autres portraits excellents sont signés par MM. Ablett, Braun, Visconti, Delassalle, Johnson, Loffrin fort simple et naturel, Flandrin avec le portrait de *Mlle A.L.*, Garrido chez qui je goûte fort le naturel réjoui de ses modèles.

Il y a de très beaux morceaux de nu, parmi lesquels je citerai *Jeune italien* de M. Lewisohn, que nous sommes heureux de reproduire. M. Lewisohn, dont nous reparlerons au paysage, sait capter avec souplesse le velouté vaporeux de la chair, en pétrir sa peinture et lui donner cette illusion de vie par un modelé impeccable, le coloris des ombres, une lumière naturelle et l'atmosphère sans laquelle le nu n'est qu'un décalque. M. Carolus Duran expose *Volupté*, et je lui compare involontairement dans la salle voisine le *Repos après le bain* par M. Armand Berton. Certes, je reconnais la science parfaite du modelé chez M. Duran, mais je lui préfère la saveur grasse du nu de M. Berton. Il y a beaucoup de saveur aussi dans le nu de M. Louis Picard, et j'apprécie la souplesse nerveuse de M. Morisset, qui baigne ses études dans une lumière blanchâtre, la robustesse de M. Starke, la chair claire de M. Worcester. Je retrouve l'ampleur grasse de M. Paviot et la grâce légère de Mlle Frémont. Mais je me laisse charmer complètement par le talent si délicat de M. Friescke, portraitiste exquis, qui expose *Femme nue*, ravissante chair blonde et rose épanouie dans les linges ; par la touche légère, la grâce infinie et la voluptueuse harmonie du nu de M. Lee-Robbins dont le coloris chaud veloute agréablement les épaules et le corps d'une femme couchée.

PAYSAGE

Ici, comme aux *Indépendants*, le paysage est très en honneur. M. Raffaelli a élevé son art au point où la maîtrise incontestée s'impose. De son talent souple, léger, nuancé et divers, on pouvait attendre beaucoup ; mais, devant *La route abandonnée*, on s'incline comme devant une œuvre prestigieuse où la critique est superflue. La difficulté prodigieuse du sujet a suscité toutes les souplesses du dessinateur, chez qui l'on retrouve toujours quelque réminiscence des banlieues étriquées, mais aussi toutes les harmonies d'un coloris clair et chantant comme un vers de Banville.

Une surprise à noter, un exemple à retenir, est celui de M. Charles Cottet qui a émigré de Bretagne vers les vieilles villes espagnoles. Nous retrouvons en lui l'artiste amoureux des sites qu'il traverse, le physionomiste intense des paysages dont il s'assimile le caractère. *Avila* dresse ses murs moyennageux dans une lumière rouge et opaque de couchant, et la vieille cité semble s'ensevelir peu à peu dans les ombres qui, le long des hautes murailles, montent vers la cime crénelée sur laquelle meurent les derniers rayons.

M. Lhermitte, dans l'étude des champs et des paysans, devient de plus en plus fort par le souci constant qu'il apporte à la fidèle traduction de la réalité. *Repos en moisson* et *La soif* sont de très savoureuses toiles, mais je reparlerai de cet artiste plus loin.

Une des meilleures toiles de ce salon est assurément le *Semeur à l'aube* de M. Duhem. Cet artiste a réalisé là une œuvre qui devait être l'aboutissant de sa vision un peu mystique et de sa peinture harmonieuse. Les précédentes évocations des Mages, de Bethléem et autres légendes devaient l'amener au symbole du semeur qui personnifie si bien aujourd'hui la lumière nouvelle qui se lève sur les barbaries et les mensonge du passé. M. Duhem a fait un paysage et n'a pas cherché le symbole à coup sûr. Le symbole est né de lui-même par cette harmonie merveilleuse entre la lumière de l'aube et cet homme qui se confond avec elle. D'un geste de laboureur, il sème au vent les moissons prochaines et son ombre, prolongeant indéfiniment sa silhouette, le diaphanéise lui-même, grandit son geste et l'identifie superbement à l'aube éblouie.

Dans *Soir de guerre*, M. Lagarde évoque la réalité tra-

gique d'un paysage mutilé par les bombes, la solitude épouvantée des choses sous la sanglante lueur d'un rouge cré-
puscule.

Il faudrait la langue claire et imagée d'un Samain pour
chanter les harmonies un peu trop littéraires de M. Ménard
et nous avons tous admiré les marines de M. Mesdag qui
met je ne sais quelle nostalgie dans les gris infinis des mers
du Nord.

MM. Griveau, Meslé, James Morrice et Jottrand expriment avec beaucoup de charme les discrètes pâleurs des
choses et M. René Billotte a su poétiser par un lever de
lune les *Carrières d'Argenteuil*.

Dans la note claire où les couleurs chantent gaîment la
joie de la lumière, nous avons remarqué M. Lewisohn dont
Matin d'Eté évoque les bords de l'Oise où, dans la nappe
claire bordée de verdures, se réflète l'infinie profondeur d'un
ciel coloré ; M. Dumoulin qui met des vers de M. Henry
Maret en épigraphe à cette œuvre très décorative : *A l'ombre de l'olivier* et qui marbre les eaux de délicates nervures
dans *Au bord de l'étang* ; M. Desmoulin qui poétise dans la
lumière matinale les antiques maisons de Nuremberg ; M. Chevalier dont les horizons de mer ont une profondeur étonnante et qui sait par une magie secrète suggérer la sonorité
des eaux et de l'atmosphère dans le calme du matin ; M. Gaston Prunier dont les paysages sobres et forts évoquent la
sècheresse des quartiers extérieurs de Paris ; M. Lever aux
eaux nuancées ; M. Moreau-Nélaton aux fluidités claires ;
M. La Villéon chez qui je retrouve parfaitement le caractère
des sites du Jura.

MM. Claus et Buysse sont deux impressionnistes substils.
Le premier sait admirablement rendre l'atmosphère chaude
et vibrante dans laquelle se fait *la Fenaison*, le second traduit avec grand charme une *Matinée de septembre* où, sur
la mer opaque et ensoleillée, se balance une barque dont la
voile se reflète si lourdement que ce reflet donne à l'eau toute
sa majesté calme.

M. Lebasque fait vivre des *Laveuses* dans un éblouissement de lumière blonde et rose du plus prestigieux effet et
M. Greux, dans la même vision éblouissante, évoque la
Forêt de Marly. M. Denisse, enfin, a su traduire très poéti-
quement et très finement la magie de la *Brume sur le
lac*.

Nous avons aussi la campagne âpre et nerveuse de
M. Chudant, l'inattendue vision des Pyrénées par M. Jh. Lé-

pinc, les cathédrales fantomatiques de MM. Méret et Colle, les harmonies de MM. Haweis et Latenay, la peinture légère et aérée de M. Clary et avec MM. Girardot et Dinet nous goûtons le charme des claires couleurs algériennes.

Des noms s'associent involontairement ; ceux de MM. Russinol et Smith dont j'aimerais les couleurs moins lourdes et le coloris moins criard ; ceux de MM. Paillard et Durst qui mettent une fougue violente à peindre, l'un, les ports de Marseille et de Saint-Tropez, l'autre, la nature fruste de la Lozère.

Avec un même sentiment des eaux mordorées et profondes, le même goût des moires et des sobres nuances aquatiques, M. Villaert évoque le charme des vieux quais flamands, M. Waidmann *le Vieux canal*, M. Breitenstein *l'Etang*, M. Apol *Barques amarrées* dont les reflets sont si curieusement mouvants. Je n'aurai garde d'oublier M. Thaulow et je goûte parfaitement l'art si fin de MM. Anthonissen, Marcette et Souillet.

VIE MODERNE

Il y a des peintres qui ne se contentent pas de regarder la vie et d'en peindre les beautés réelles ; ils veulent avec un ancien fond de mysticisme ou de romantisme, synthétiser cette vie par des symboles plus ou moins vieillots. C'est le cas de M. Baugnies avec *le Deuil des rêves*, de M. Motta avec *Christ et la tempête*, de M. Meunier avec *Retour de l'enfant prodigue*, de M. Stewart avec *Rédemption* qui est pourtant d'une belle allure et d'un coloris savant.

Visant à la peinture d'histoire, M. Burnand a interprété quelques lignes de l'Evangile de Luc et intitulé son tableau : *La voie douloureuse*. M. Burnand est avant tout un réaliste qui serre de près l'observation et qui, avec cette force qu'ont révélée des œuvres antérieures, possède surtout une grande maîtrise de l'expression tragique et sait dramatiser violemment la vie.

M. Lhermitte, dont j'aime beaucoup le talent net et harmonieux, a peint une scène de la vie qu'il intitule : *Chez les Humbles*. Cette toile est une belle œuvre, très belle œuvre, par l'observation juste, l'agencement, le mouvement et la lumière, mais il me semble que l'artiste, qui regarde si souvent la vie dans ses détails, aurait pu trouver des con-

trastes plus modernes et plus socialement vrais que la présence surannée du Christ.

La vie moderne est inscrite ici par de menus détails, des
scènes familières ou des contrastes discrets. La scène parisienne trouve de fins observateurs et de malicieux railleurs
en MM. Béraud et Guillaume, mais quelle peinture ! Le
talent de M. Truchet prend une belle allure avec *Femmes
dans un bar* et M. Thomas expose une *Vénus...?* très moderne sur la bouche de laquelle rôde une réminiscence du
sourire ropsien. M. Tony Minartz obtient un effet de ciel
très beau et très décoratif dans cette toile, *la Promenade
des Champs-Élysées*, où se silhouettent de sveltes hétaïres,
et j'aime assez cette conception railleuse de la *Bacchante*.
Des esprits chagrins font grief à M. Gaston La Touche des
scènes légères par lesquelles il chronique la volupté des
grandes dames ; mais à côté des portraits élégants et flat-
teurs qui éloignent nos mondaines dans une atmosphère
inaccessible de vanité et de luxe, ne vous plaît-il pas de les
voir tomber dans la banale et commune misère de l'amour ?

Avec M. Milcendeau, nous revenons à la campagne,
parmi les paysans dont il traduit les gestes et les physionomies avec bonheur ; le *Fendeur de bois* est très expressif et
naturel. M. Piet sait capter l'allure des foules et les repré-
senter dans leur infinie variété d'attitudes, de mouvements et
de vie. Ses marchés, très beaux par leur couleur, respirent
le labeur animé, la vie agitée des paysans devant les achats ;
le grouillement harmonieux des formes — auxquelles les
silhouettes des maisons prêtent leur couleur locale — provoque la perception vague du bruit que ces scènes évoquent.
M. Cugnet aussi sait rendre l'animation d'un lavoir de
village et, dans ce même sentiment de la vie humble et beso-
gneuse, M. David-Nillet, au talent très particulier, saisit admirablement la rudesse fruste et la naïve croyance du paysan
breton dans *Résignation*, M. Coulin la joie tranquille des
Matelots, M. Thyschaert l'allure paisible et pittoresque du
Travailleur de port.

M. Koopmann évoque, dans un paysage sombre d'une
harmonie grisâtre, le *Retour des Crevettiers* ; M. Barrau
peint avec justesse des scènes de la vie des pêcheurs et
M. Andreau la vie calme et contemplative du *Berger*.

Dans une note plus douce, un décor plus paisible, M. Eliot,
paysagiste très remarquable, nous donne une charmante
impression de joie avec *le Goûter*, MM. Robert Besnard et
Worcester interprètent chacun avec beaucoup de charme

intime l'heure où l'on prend la *Tasse de thé*, M. Hugues de Beaumont peint avec une vision très claire la délicieuse scène *Après-midi d'été*, MM. Cassard et Muller, avec une grâce légère, les jeux d'enfants : *Combat singulier et Colin-Maillard*. M. Boulard traduit l'attention grave des *Jeunes filles au piano*, M. Smeers sait nous dire toute la bienveillance attendrie de la *Mére*, et M. Santa-Maria la mutinerie charmante de la *Toilette de bébé*. Avec un sentiment délicat d'intimité, M. Saglio intitule *le Divan* la scène où deux femmes se font une confidence, M. Alfassa peint *Bibelots* et la *Console*, M. Haustrate de Loth donne à son *Five o'clock* une réalité familière et M. Lambert campe joliment *Trois Kimonos*.

J'ai dit déjà toute la saveur de M. Castelucho, dont les *Trois Femmes riant* sont si exhubérantes et nous retrouverons M. Canals à l'article consacré aux Artistes espagnols. Il me reste à louer les somptueuses harmonies de M. Anglada Camarasa et le talent très particulier de M. Zuloaga, portraitiste sobre, dont *Mes Cousines* ont suscité les railleries de quelques gens superficiels, mais que je trouve d'une remarquable facture et d'une allure très originale, où je reconnais la race affinée et souple, la face faunesque de la femme espagnole.

Les « natures mortes » et les fleurs ont moins d'amateurs mais de bons sensitifs. Avec un sentiment très vif de leur fragilité et délicatesse, nous avons Mlle Lisbeth Delvolvé Carrière, MM. Bigaux et Dumont, Mme Marie Duhem et M. Schuller. Avec une fluidité cristalline, M. Karbowski peint de jolis vases desquels émergent de très jolies fleurs et, dans cette même vision claire et aérée, nous noterons les envois de MM. Moreau-Nélaton, Mac-Pherson et de Mlle Villedieu.

DESSINS, GRAVURE

Les envois les plus originaux sont ceux de Mlle Marie-Paule Carpentier dont je n'ai pas cité le nom parmi les paysagistes, parce que je me réservais d'étudier son art ici où il revêt un aspect très décoratif que ne rend pas complètement la peinture. Cette artiste comprend admirablement le paysage et le rend toujours avec son maximum de couleur. C'est ainsi que le *Pré aux peupliers* devient un vaste rideau vert qui se silhouette sur l'horizon, que le *Gros massif* forme une architecture compacte de hautes tiges et que la *Velléda* ainsi que le *Village à travers les arbres* prennent une allure d'estampe ancienne qui a toute la saveur d'une émotion forte et rustique.

Dans le paysage nous retrouvons la sobriété légère de M. Chevalier, les harmonies de MM. Duhem, Boyer et Luigini, la lumière, la couleur et l'aération de M. Gillot dont je me suis dispensé de parler à la peinture parce que sa *Fête de nuit*, commandée par l'Etat, me paraît plutôt un jeu flatteur de sémaphores qu'une belle impression nocturne. Nous avons encore les paysages sobres de M. Argence, les vues de Londres si nettes et si grouillantes de M. Houbron, le *Soir en Hollande* de M. Iwill, d'une belle couleur, les paysages de MM. Prins et Prunier, les visions colorées et lumineuses de Hollande par M. Roger, les tumultueuses couleurs de M. Suréda et l'extraordinaire harmonie de M. Serval : *Bateaux dans le brouillard*.

M. Louis Legrand tient ici une place à part et je ne crois pas qu'il soit égalé de longtemps. Ses pastels rehaussent de toute leur fragilité les gracieuses silhouettes qu'il évoque et, que ce soit dans le dessin ou la gravure, il restera le chroniqueur preste, léger et savoureux des attitudes de notre époque.

Nous retrouvons en M. Guiguet le même charme des yeux et des physionomies, et M. Pezeu sait dire la grâce et le naturel de la *Modiste*. La silhouette signée de Willette est preste et coquette mais M. Parabère ressemble un peu trop à Chéret. J'aime beaucoup les nus endiablés et fiévreux de M. Roll, les nus virils de M. Angst et les silhouettes de danseuses par M. Auburtin. M. Vaès croque avec légèreté l'attitude du *Petit miroir* et Mlle Bermond se retrouve toujours légère, floue et délicate. Je n'aurai garde d'oublier les portraits décoratifs de M. Hermann-Paul, la scène décorative aussi de M. Hochard et le dessin si puissant et si évocateur de M. Bellery-Desfontaines : *Aux victimes*. M. de la Nézière enfin se révèle un puissant dessinateur et ses types de *Sibériens* et de *Paysans russes* sont si vivants qu'on les croirait en relief.

Dans la gravure, M. Chahine possède une véritable maîtrise et son talent s'assouplit à toutes les formes de la vie. Qu'il silhouette les rudes mouvements du *Tombereau* ou la grâce légère de *Lily*, on sent l'artiste en pleine possession de son burin et de son art. M. Manuel Robbe obtient des

effets de lumière étonnants dans la *Mare* et la *Jolie ména-
gère* souligne son art léger. le *Portrait de Mlle Legrand*
par Mlle Vivante est très délicat et très souple et les effigies
anciennes de M. Beltrand donnent de très beaux reliefs.
J'aime beaucoup les nus pleines de vie de M. Berton, les
desseins teintés de M. Clot, qui traduit, par un écartement
des jambes, l'impression de volupté insatiable que dégage le
Jardin des supplices. Dans le paysage, nous signalerons
les eaux-fortes de M. Cottet et de M. Peské qui rend à
merveille les silhouettes nerveuses des oliviers. les envois de
M. Waidmann et les gravures sur bois de M. Paul Colin
qui ont une belle allure de gravure ancienne. Signalons
aussi les scènes délicates de M. Villon et les fantaisies hilarantes de M. Véber.

SCULPTURE

L'éloge de M. Rodin n'est plus à faire ; cet artiste a su
élever son art dans une atmosphère si pure qu'il domine la
vie et que, devant chaque œuvre nouvelle, on admire son
infaillible maîtrise. A son exemple, Constantin Meunier,
mort en pleine activité, avait aussi conquis la gloire par son
amour de la vie et nous retrouvons ici son type de *Mineur*
qu'il a immortalisé.

Le plus bel envoi de sculpture est ensuite celui de M. Desbois, *Femme à l'arc*. D'une pureté classique avec je ne sais
quelle saveur moderne, ce marbre réalise tout ce que l'on
peut imaginer d'harmonie dans les formes, et de souplesse
dans les attitudes. *La Famille heureuse* de M. Alexandre
Charpentier est aussi une très belle œuvre conçue dans un
esprit très large et très social, sans que l'artiste — ce dont
je le loue — ait sacrifié au symbole facile la réalité savoureuse
de sa mise en scène. Très naturellement le père travaille à
l'établi pendant que la mère allaite son enfant et que les
vieux parents font contraste à cette activité joyeuse.

De plus en plus les sculpteurs s'orientent ici vers la vie
et en traduisent les misères, les joies ou les ivresses. A de
rares exceptions, ils savent en marquer le pittoresque par
des œuvres nerveuses et vivantes et abandonnent le symbole et les machines de convention pour l'expression fidèle
des types modernes.

Néanmoins les sentiments endeuillés, la tristesse et les désillusions de la vie ont d'excellents interprètes en MM. Charlier avec *Résignation*, Flodin avec *Tristesse et Deuil*, Temporal avec *Résignés*, Pérelmange avec *Consolation* d'un sentiment tendre et d'une délicatesse exquise comme toutes les œuvres de cet artiste. De très belles figures sont inspirées à M. Escoula par *Souvenir*, à M. Lafaurie par *Consentement*, dont j'aime beaucoup la face abandonnée et tendre de la femme qui consent enfin. La vie sentimentale de l'amour a suggéré à M. Voulot *Le Pardon*, œuvre très belle qui unit un homme et une femme nus dans un baiser où l'on sent toute la volupté reconnaissante de la femme revenir à l'homme qui l'étreint dans un élan de tout son être, pour la joie passée dont il a gardé le souvenir ému. Ce sculpteur expose aussi des statuettes d'une élégance et d'une sveltesse jolies ainsi qu'un buste très naturel de Mme D. Z.

En général, les portraits se recommandent par beaucoup de sincérité et de vie, tels sont les envois de MM. Tronson, Lefèvre, Sainte et Bruce dont le portrait du sculpteur Bugatti est si nature avec les mains dans ses poches. De fines silhouettes sont signées par M. Yungbluth, par M. Gyllenhamar qui donne à ce groupe de deux femmes, *La Danse*, un entrain tapageur et au *Petit trottin* la saveur exquise de sa joliesse futée.

Dans ces notations de types, MM. Clostre, Pinchon, Wittmann, Escoula-Marot et Young vont aux travailleurs et se distinguent par un réalisme de bon goût qui donne à leurs silhouettes une saveur toute particulière et une grande intensité de vie. M. Léonard, au talent souple et varié, taille d'un ciseau robuste les faces typiques du *Vieux roulier* et du *Pilleur d'épaves* pour s'attendrir avec l'*Amour frileux*. M. Faller campe avec verve un *Forgeron* et évoque avec une puissance navrée *la Misère*. Cet artiste a de grands dons d'émotion et de pitié communicatives ; de même M. Cavaillon avec *Dehors*, ce groupe où la femme abandonne si désespérément son énergie dans les bras de l'homme qui soutient l'enfant avec, dans sa face âpre et rude, quelque chose d'infiniment triste.

Dans la note gaie, M. Fix-Masseau provoque un franc rire avec *Blanche*, femme aux chairs débordantes, et *le Grain de sel* de M. Frumerie groupe joliment trois vieilles édentées qui rient de ce rire campagnard et sournois, plein de réticences et de malice. Nous avons aussi remarqué les hilarantes silhouettes de M. Ganesco, *le Retour du marché* par

M. Froment-Meurice, *Jeune faune ivre* par M. Injalbert qui met à cette œuvre tout le style dont il est coutumier, *Maudit* et l'*Effort* par M. Nocquet, la *Femme à l'éponge* par M. Serruys, l'*Ame du vin* par M. Toison, le *Sphinx* par M. Wittig dont je goûte la conception voluptueuse.

Il y a aussi de très forts animaliers parmi lesquels je citerai MM. Améen de Sparre, Bugatti, Jouve, Monard et Vallette.

ARCHITECTURE, AMEUBLEMENT, ART DÉCORATIF

Confinée jusqu'ici dans la villa riche, le monument massif et prétentieux, l'architecture française, grâce à MM. Feine et Herscher s'oriente vers une conception moins bourgeoise. Nous savons par M. Louis Vauxcelles que ces artistes ont conçu leur *Projet de salle aux Tuileries* dans le but d'offrir au peuple de Paris un lieu vaste et bien agencé pour lui permettre de goûter, avec tout l'acoustique désirable, les grandes émotions du théâtre, des luttes oratoires et des symphonies musicales qui n'ont réellement d'ampleur et de force communicative que par la multitude qui s'y délecte. Belle idée, très réalisable en ce temps d'études sur le théâtre populaire, et qui vaut la peine d'attirer l'attention de nos édiles, toujours prêts à faire plaisir à leurs électeurs. Les études nombreuses de ces artistes permettent de croire qu'ils ont étudié le projet à fond et il serait ingrat de ne pas louer leur noble effort.

Je crois deviner le même souci d'art populaire dans le projet de M. Goubert, *Salle d'auditions musicales ;* mais comme on n'a pas interviewé cet artiste, je réserve mon affirmative et loue l'originalité de son idée.

L'exposition particulière des œuvres d'Emile Gallé est pour ainsi dire l'estampille de la section d'art décoratif, créée par lui, puisqu'il en fut l'instigateur et rénova cet art confiné dans les pastiches fades des époques de luxe.

Verrier prestigieux, artiste profond, Emile Gallé avait une vision très particulière du décor, un goût très affiné et une ingéniosité merveilleuse à marier la faune et la flore, poétisant ainsi le moindre objet.

Les artistes qui marchèrent dans la voie tracée par lui possèdent tous des dons ingénieux. Les meubles de MM. Lam-

bert, Majorelle, Goumain et Jallot, la bibliothèque-vitrine
de M. Carabin, les panneaux décoratifs de MM. Brisset,
Hesteaux, de Mme Vallgren, les reliures de Mlle Mon-
tagny, etc., etc... tous ces meubles somptueux façonnés
avec beaucoup de goût, tous ces objets d'art servant à la
toilette ou à l'ameublement sont l'apanage de quelques pri-
vilégiés.

Il serait temps de créer des modèles pratiques inspirés
dans ce goût et de diffuser cet art afin de supprimer peu à
peu la misérable et piteuse pacotille du meuble, des porcelaines et autres objets de la vie courante d'une banalité sans
exemple, et faire entrer un peu d'art dans le modeste logis
pour que son contact inspire à l'habitant le goût des belles
choses.

LES ARTISTES FRANÇAIS

Ici, le grand nombre d'envois limitera notre champ d'observation, car il est superflu de citer toujours les mêmes
artistes à qui l'on peut chaque année reprocher les mêmes
habiletés, le même métier fade dont ils font leur réputation.
Ils ne nous intéressent pas parce qu'ils n'évoluent pas.
Beaucoup sont pénétrés de leur talent — qui n'est pas du
talent — et il serait puéril de les désabuser, car les médiocres
ont une confiance illimitée en eux-mêmes.

Laissons donc ces pseudo-artistes marcher dans l'ornière
qu'ils se sont tracée. Les paroles n'y feront rien ; la critique
est pour eux superflue et rien ne prévaudra contre leur
entêtement obstiné. Ils écouteront peut-être le silence...

PEINTURE DÉCORATIVE. PEINTURE D'HISTOIRE

J'arrivais au sommet du grand escalier quand je me trouvai
en face de l'énorme panneau de M. Detaille, auquel, par
mégarde, je ne prêtai aucune attention. Selon la définition
typique de Gustave Geffroy, je faisais « la promenade d'un
sensitif à travers l'art », des tableaux ; c'est dire que les po-
tins des ateliers et des coteries me sont totalement étrangers,

car ils auraient pu m'avertir de cette monumentale machine ; c'est souligner, en outre, le caractère *exclusivement indépendant* de cette critique.

Remarquant beaucoup de gens, têtes levées, vers cette *Chevauchée de la Gloire*, j'ouvris le catalogue et lus le nom de l'artiste, en même temps que ie titre de l'œuvre. Je fus honteux de mon flair et examinai longuement le panneau. Quand les suprèmes frissons chauvins — reliquat de notre enfance vouée au panache — moururent au ras de mon épiderme et, quand la réflexion vint approfondir l'impression de cette chevauchée, un sentiment de découragement attrista mes pensées.

Etait-il possible qu'à l'aube du xxe siècle une République, issue de la Révolution, ait eu le courage de commander à un artiste une pareille glorification de la Guerre ? Etait-il possible que cette chose aille décorer l'abside du Panthéon qui devrait être la nécropole du Génie ? Hélas ! les cavaliers chevauchaient en un tourbillon éblouissant d'uniformes, d'armures, d'armes, de chevaux vers l'apothéose de la couronne de lauriers. Mais ces brillants guerriers qui se choquaient en une fantasia gigantesque n'évoquaient-ils pas les champs de bataille, lugubres sous les râles et la dévastation, le carnage bestial et fou de l'épopée napoléonienne qui couvrit l'Europe de sang et fomenta les haines dont la France paya le tribut lamentable à Sedan. N'évoquaient-il pas aussi les charniers de la Mandchourie... et je conclus amèrement à la déchéance d'une élite qui imposait de telles leçons à un peuple.

Aujourd'hui on doit maudire la guerre, même nécessaire ; ses glorificateurs sont impardonnables.

Autrement belle et grandiose est la leçon de M. Jean-Paul Laurens, *le désastre*, que je place ici comme la réplique nécessaire et virulente à l'œuvre de Detaille. *Le désastre*, c'est l'évocation de Waterloo, la plaine nue et dévastée par les boulets, le ravin d'Hougomont jonché de cadavres, l'horizon en flammes dont les lueurs sinistres se projettent sur un ciel de désastre, et, au milieu, le spectre falot de l'Empereur voûté sur son cheval blanc, comme déprimé par la chute de son étoile et entraîné vers l'inconnu, le blasphème et la honte, par l'implacable destinée. Malgré tout ce tableau laisse une impression profonde et là. M. Jean-Paul Laurens affirme son âpreté virile par un sens très moderne de la peinture d'histoire.

Reprenons notre promenade à travers les œuvres décoratives.

Deux panneaux de M. E. Toudouze représentent des scènes historiques et doivent être reproduits par les Gobelins. Dans le *Couronnement de Nominoë*, une très belle figure de femme, au premier plan, attire l'attention, et ces œuvres sont conçues dans un brillant esprit décoratif. *Une histoire d'autrefois* de M. Tapissier doit être aussi reproduite par les Gobelins, de même que les *Noces de Psyché* de M. Gorguet; compositions très étudiées et harmonieuses ou je remarque, dans la dernière une interprétation mythologique et charmante d'un texte d'Apulée.

Dans un éblouissement de lumières un peu trop enflammées, M. Azéma évoque *le Triomphe de la danse* et M. Mirea brosse *Printemps* dans une couleur grasse et onctueuse.

Avec un sentiment plus moderne, nous avons *Chanson d'Automne* de M. Charrier, page très harmonieuse, et *Jeunesse* de Mlle Dufau qui n'ajoute rien à son lumineux talent et auquel je préfère *Femme et Bibelots* d'un modelé si doux, si fluide, si chaud.

L'Ame du glacier, par M. Maxence, est une délicate évocation, et *Volupté* de M. Mark dénote une palette aux couleurs somptueuses.

Avec M. Maignan nous revenons à la réalité par les *Fêtes d'Orange*, composition trop composée, un peu vide, où se remarque néanmoins un groupement de couleurs assez bien mises en nuances. De l'entrain, du mouvement et de la vie caractérisent l'œuvre de M. Burgraff: *la Vie Maritime et Fluviale*. Avec le minimum de couleurs, — ce dont il faut le louer, — M. Enders expose *le Labeur*, composition d'un large effet, copiée sur la nature même.

Un paysan conduit la charrue dans le sol un peu rachitique, et, dans le lointain, se dessine l'horizon de Paris. Cette toile, par sa simplicité, est une très belle œuvre de force et de majesté calme, bien aérée, vivante et nous ne pouvons que féliciter M. Enders d'avoir évoqué, par un contraste aussi discret, le labeur des champs dont, en somme, se nourrit la grande ville lointaine, chimérique aussi par les ambitions qu'elle engloutit. C'est la leçon du sol, l'espoir de la terre nourricière et ancestrale, la source intarrissable du travail, de la santé, de la vie.

J'ai réservé deux symboles qui donnent à réfléchir. *Dura lex, sed lex*, de M. Gervais, malgré la pose théâtrale un peu des personnages, contient une âpreté de sentiment qu'il faut souligner. L'œuvre de M. Laparra, *les Etapes de Jacques Bonhomme*, est un triptyque dont on ne se lasse pas de chercher les idées qu'il évoque. *Par la violence, par la pensée, par l'amour*, telles sont les trois étapes que Jacques Bonhomme franchira. Il faudrait plusieurs pages pour traduire ce que suggère ce panneau d'une violence voulue, d'un agencement serré et parfait, d'une belle lumière et d'une âpre philosophie. Nous analyserons un jour cette œuvre qui est tout un livre. Mais notons-la en passant comme un signe particulier de l'évolution décorative moderne, traitée dans un grand esprit de pensée libre.

A part l'œuvre profonde de M. Jean-Paul Laurens, la peinture d'histoire devient une chose de convention qui choque par son aspect mélodramatique dont nous sommes las. Cependant, nous citerons quelques œuvres qui révèlent un goût de la réalité sans laquelle ce genre n'est pas viable ; Veretschaguine le paya de sa vie.

Dans une belle atmosphère rougeâtre, M. Chigot évoque : *en marche sur Isly* d'un beau mouvement de vie et de lumière ; M. Manceaux, avec un pittoresque approchant des scènes inoubliables de Salammbo, groupe *le départ des mercenaires de Carthage* et M. Fouqueray rappelle la vie révolutionnaire par une toile grouillante de vie et de couleur : *le 1er prairial, an III, à la Convention*.

Plus près de nous, avec un sentiment réel des horreurs de la guerre, M. Paul Legrand peint une scène : *Après la guerre*, où le paysan laboure dans une campagne dévastée.

Enfin, M. Larteau campe avec une vérité pittoresque et saisissante un groupe très vivant de *Tambours et Clairons* à la caserne. Ceci n'est pas de l'histoire, mais de la vie, direz-vous ; c'est cependant l'histoire de demain, c'est de toutes ces pépinières que sortiront les hommes voués aux massacres futurs, car la paix devient une chimérique idée, quand on écoute l'écho des batailles d'Extrême Orient, et que l'on songe à toutes ces grimaces pacifiques par lesquelles nous faisons mentir notre atavique instinct de carnage.

PORTRAIT ET NU

Les portraits abondent, mais il faut se prémunir tout d'abord contre des habiletés qui parviennent à donner l'illusion d'un style. Beaucoup de peintres, étrangers la plupart, apportent le faire de l'école anglaise et drapent leurs personnages de toilettes somptueuses qui leur donnent du caractère. Mais peu savent étudier la physionomie et en traduire l'expression familière et naturelle.

Élaguons d'abord les portraits de ce genre signés par MM. Birley, aux effets de velours, Bordes, Ferrières, Garin, *La Dame à l'écharpe* de M. Landeau, les effets de robe noire par Mlle Koé, par MM. Koé, Lejeune et Morancé, les effets de loutre par M. Mambriani, les roses et les gris cendrés de MM. Royer et Taggart. M. Richards décore toujours agréablement d'un vert léger son personnage. Tous ces portraitistes ont une habileté très grande, mais le portrait ne comporte pas seulement l'effet d'une étoffe ou d'une fourrure. Passons donc à des études plus sérieuses.

Un original portraitiste est M. Patricot qui ne se laisse influencer par aucune des modes actuelles et traite le portrait d'une façon légère et nuancée, suggérant un grand charme. Les portraits de M. Gaston Deschamps et de *La Jeune Fille* se distinguent par une harmonieuse couleur, une ligne nette et grasse, une aération des figures dont on peut aisément saisir le caractère. Il faut savoir gré à M. Patricot de réagir contre ces tendances notées plus haut et reconnaître en lui l'artiste affiné, le physionomiste décisif qui peut donner de très belles œuvres de réalité et de vie.

Dans la même légèreté de touche, nous signalerons le portrait de *La Princesse Pauline Metternich-Sandor* par M. Laszlo, le portrait de Mme D. P. par M. Mac Monniès, les portraits clairs et délicats signés par Mlles Ridal et Lavrut.

Les deux envois de M. Georges Carré se distinguent par une lumière discrète, un modelé vivant et de sérieuses qualités de peinture. *Profil et Masque* a du caractère et j'apprécie beaucoup l'attitude si naturelle de *La Femme au livre*. Je signalerai plus particulièrement les œuvres de MM. Parker et Roche : *Une Anglaise* et *Rêve de jeune fille*, deux portraits charmants de vie et de coloris léger où la lumière blanche et rosée donne tant de fraîcheur exquise aux jeunes filles.

Le rapprochement des fleurs et de la femme a suggéré de délicates peintures parmi lesquelles je citerai *Fleurs de pommier* par M. Sawe, et le portrait signé par Mlle Reynolds. J'aime beaucoup cette alliance de la fleur et de la femme, qui enlève au portrait son allure guindée, sa ressemblance photographique à coup sûr, mais lui donne par contre ce charme intime qui le poétise. Surprendre la personne dans ses occupations sérieuses ou futiles, apparenter son caractère aux choses qui l'entourent, au milieu desquelles elle vit et qui sont presque toujours le cadre naturel de son existence, refléter son âme à travers l'évocation d'un paysage ou d'un intérieur, c'est évidemment comprendre le portrait dans son sens artistique. C'est aussi l'avis des artistes suivants.

M. Deziré, peintre très original, a su créer une belle harmonie dans le portrait qu'il expose. Ces tons grisâtres et bleutés nuancent à merveille le caractère de la dame aux grands yeux noirs, assise chez elle, au milieu des objets familiers.

Mlle Greene nous donne une délicate sensation avec *Le Négligé*, M. Darien nous ravit axec son *Portrait de Lélette* et M. Dallet traduit gracieusement la rêverie d'une femme.

Mlle Lion exprime avec une discrète harmonie l'attitude grave de sa mère assise sur un sofa ; M. de la Hougue, d'une touche légère, peint un très beau portrait et *Un Intérieur* ; M. Mesnager évoque le charme pénétrant de *La Chambre grise*, et M. Moreau-Néret campe avec simplicité la silhouette d'une vieille dame qui tient à la main un livre à reliure rouge.

Dans un décor somptueux d'automne nuancé de vieil or et de vert fané, M. Ridel surprend deux femmes assises sur un banc, qui semblent se faire des confidences. *Feuilles d'Automne* harmonise parfaitement le décor aux personnages, dans les attitudes jolies desquelles flotte je ne sais quelle lassitude mélancolique.

A la mer de M. Dupuy caractérise le portrait fait en plein air. Les deux femmes, dont les toilettes font contraste, forment un groupe charmant de simplicité et de vie. Dans ce même sentiment, nous noterons *Sur la terrasse* de M. Farré, et le charmant portrait signé par M. Léon Félix.

Certains artistes donnent à leurs portraits un aspect décoratif d'un effet très heureux. Tels sont *Rêverie* de Mlle Adour, où, parmi des lumières jaunes et roses, songe une jeune femme ; *Sous les arbres* de Mlle Chauchet, le très harmonieux portrait signé par M. Borchardt et ceux de MM. Willems et Baschet.

D'autres groupent leurs personnages avec une allure de famille. Parmi eux notons le bel envoi de M. Zo. *La Famille espagnole* qui fut très admiré, et la toile curieuse de son élève M. Georges-Bergès : *Mercédès, sa grand'mère et sa petite sœur.*

Dans la note sobre nous ne pouvons oublier les très bons portraits de MM. Adler, Déchenaud et Grün aux belles têtes expressives, les silhouettes pittoresques de M. Hecht et de Mme La Bonne, *Etude* de M. Gerster et *La Lettre* du même artiste, *Mon portrait* de M. Houriez, très vigoureux, les envois réussis de MM. Lafon, Breyne, de Jonckeere, Cazaban très original, Jœl et Cabane dont les noms s'associent, Marec, Yves Muller, Mlles Muselier et Luxmoore, MM. Plasse et Prat, *Le Globe d'argent* de Mlle Palmer, *La Massière* de Mlle Rhodes et le portrait de la jeune fille en rouge par M. Roussel-Géo.

Je réserve une mention spéciale à MM. Henri Martin et Ernest Laurent. C'est à dessein que je rapproche ces noms car leurs portraits frappent au premier abord par leur ressemblance technique ; celui de M. Henri Martin est très beau, celui de M. Ernest Laurent ne l'est pas moins, ce qui est un bel éloge.

L'envoi de nu le plus original est, à mon avis, *Préparatifs* par M. Joannon qui expose d'autre part *Fantaisie*, joli petit trumeau à la façon du xviiie siècle. *Préparatifs* révèle de grandes qualités qu'il serait ingrat de ne pas souligner, Une femme assise, au torse nu, se coiffe devant une glace ; la femme de chambre dont la silhouette s'efface dans l'ombre, prépare la toilette et, dans une lumière blonde, colorant les choses de délicats reflets, le torse de la femme érige sa nudité moite et éblouissante. On sent la chair vibrer sous le velouté de la lumière et tout s'harmonise par une délicate impression d'intimité. Très bel aussi l'envoi de M. Biloul : *Femme nue.* Une femme assise parmi des linges examine son collier dans la glace. La chair grasse et vaporeuse, l'attitude naturelle et l'ampleur de ce nu traité dans une manière large et sûre, révèlent chez M. Biloul un tempérament de qui l'on peut beaucoup attendre.

Toilette par M. Axilette est un nu aux raccourcis savants. La chair s'épanouit dans une belle lumière et de ce corps accroupi dans un tub se dégage une chaude impression de réalité. M. Pavec réalise une œuvre très forte avec *Premiers fruits.* Une femme affalée dans un coin de divan mord à belles dents le fruit et son corps nu dont une jambe allongée rehausse l'attitude, s'épanouit parmi le vert du sofa et le jaune des fruits ; ces couleurs décoratives

donnent à cette scène un aspect très original. Dans ce
même sentiment d'intimité familière, M. Pequin, qui expose
un bon portrait, nous montre avec *Etude* une femme nue
assoupie sur le bord d'une table recouverte d'une nappe à
motifs rouges d'un bel effet décoratif.

On sent une force réelle dans *Etude de nu* par M. Paul
Petit ; la couleur en est un peu rêche et le dessin un peu
sec, mais ces deux éléments réunis donnent beaucoup de
caractère à cette œuvre. *Un moment heureux* par
Mme Tongue évoque une scène charmante : deux femmes
nues sont agenouillées ; l'une, d'un mouvement très naturel, élève son petit bébé au-dessus de leurs têtes et toutes
deux sourient à sa beauté grassouillette. Les chairs se
noient dans une lumière ignée qui accentue la joie des visages.

J'aime beaucaup moins les nudités de M. Raphael Collin :
Evocation païenne, d'une peinture inconsistante, et
Rêverie de M. Zwiller, d'un coloris fade. Mais il y a un
sentiment assez beau de la décoration dans la *Madeleine*
de M. Cousin, un bel effet de lumière dans *Etude* de
M. Chaigneau. *Indolence* de M. Bonnardel, et la *Sieste* de
Mme Van der Hœghe sont enlevés prestement et je citerai
à titre de mémoire *Eve* de M. Lard, dont je goûte assez peu
le symbole, tout en louant fort la belle et sobre peinture de
la femme nue.

VIE MODERNE

Du haut en bas de l'échelle sociale, la vie moderne est
ici représentée par quelques bonnes toiles qui révèlent, en
général, une observation sincère minutieuse, en même
temps qu'un sentiment assez juste du milieu qui la caractérise.

La grande vie a suggéré à M. Hoffbauer *Sur les toits*,
d'un coloris lunaire très remarquable. On a fait quelque
bruit autour de cette œuvre qui en valait la peine, mais on
a peut-être exagéré son importance si l'on considère que
cette scène de soupeurs et de viveuses vise trop à l'effet par
des lumières électriques qui strient l'horizon sur lequel se
massent de gigantesques immeubles. Le rapprochement de
ces lumières factices et de ces êtres avachis par les affaires
et la noce dit évidemment, et avec force, le côté anecdoti-

que de la scène, mais cette lumière artificielle atténue beaucoup, à mon avis, la douce clarté lunaire que j'aurais préféré seule à mêler sa poésie aux silhouettes typiques des personnages. *Harmonie nocturne* de M. Miguel-Nieto orchestre parfaitement des silhouettes de grands bars à la lumière verdâtre qui leur donne tant de caractère. MM. Lobel-Riche et Matignon savent avec justesse évoquer, l'un, le fond superstitieux de la femme du monde par une scène très réussie : *Chez la Chiromancienne* ; l'autre, son détraquement par l'abus de la *Morphine,* scène angoissante qui, dans le négligé du boudoir noyé de lumière blonde, dresse trois silhouettes élégantes en proie à la griserie mortelle du poison qui donne à leurs corps des souplesses insoupçonnées et à leurs faces des masques étranges de volupté, de luxure et de sang. Un autre côté de cette vie est *le Cadeau princier* de M. Aid, d'une allure preste et définitive, l'*Affront* de M. Piatti, une mondaine en grande toilette affalée sur son lit.

La vie bourgeoise a ses chroniqueurs. *La Toilette* et *Le Goûter* de M. Richard Miller sont deux œuvres exquises qui font grand honneur à cet artiste dont on se rappelle *La Crinoline* et les *Vieilles demoiselles* du salon de l'an dernier. M. Miller est un peintre de l'intimité qui joint à un grand souci d'art un sentiment délicat des êtres. Sa couleur sobre aux nuances sourdes donne beaucoup de saveur à ces scènes familières remarquables par leur aspect légèrement décoratif où toutes les nuances se font écho. Charmant aussi *Le Goûter* en plein air de M. Avy, aux lumières un peu composées, mais qui respire le bel entrain de la vie. M. Delpech est un peintre ravissant; *Sur la Terrasse* et le *Le Baiser* évoquent avec beaucoup de simplicité et de tendresse une mère et son fils. Dans ce même sentiment de maternité, nous noterons l'exquise scène de Mme Everart *Premier sourire* et *Après le bain* de M. d'Estienne, aux couleurs claires noyées dans la blancheur des linges.

MM. Krauss et Lambert traduisent avec bonheur *Oisiveté* et *Rêverie*; M. Selmy apporte beaucoup de tact dans cette jolie toile *La Curieuse* et Mlle Kaub souligne gentiment l'ironie de la *Lune rousse*. Une belle étude est *Le Contre-ja* de M. Meldrum et M. Sorolla y Bastida campe avec des clartés éblouissantes un groupe d'enfants qui se baignent. M. Boisson nous ramène au logis et présente *Mes Amis G...* qui peut passer pour du portrait excellent mais que je tiens à placer ici pour l'allure et l'entrain parfait du groupe, séduit surtout par l'air de famille et la belle couleur sobre de cette scène. Avec M. Congdon c'est le charme ingénu de *La Fiancée* qui regarde l'anneau de fiançailles d'un air si naturel qu'il donne toute sa signification à cette toile discrète et ravissante.

Citons aussi *Jeune fille dessinant* de M. Eschemann, *Une tasse de thé* par Mme Gow Stewart, *Le Retour de Viroflay* par M. Steck, d'un joli sentiment de romance, et ces deux envois d'une peinture originale : *Resurrecturus* de M. Irolli, *Un vieux ménage* de M. Canaval y Bolivar.

La vie artistique a suggéré à M. Csok *Coin d'atelier*, d'une réalité saisissante avec cette femme nue en raccourci ; à M. Henschl *le tourment* qui provoque réellement une sensation trouble par ses ombres fantasques noyant de ténèbres cette grande pièce éclairée d'une lampe autour de laquelle on devine un drame psychologique intense.

Dans le sentiment religieux, nous distinguons *Vendredi Saint* de M. Zemplémy qui groupe avec beaucoup de naturel et de vie des êtres manifestement croyants ; *la Foi* de M. Barreau, représentée sous la forme de deux religieuses agenouillées, très décoratives, avec, dans leur face, le calme mystique de la foi, cette même foi naïve et têtue qui fait s'agenouiller un groupe de bretonnes aux coiffes blanches et que M. Bellemont intitule : *La Foi bretonne*.

La vie ouvrière et paysanne a de nombreux peintres qui savent en traduire le côté pittoresque par les contrastes de son labeur, de ses joies et de ses misères.

Le faubourg s'éveille dans une clarté dorée et vacillante, la foule dévalle par groupes, deux amants apparaissent au premier plan, leurs figures idéalisées par la joie de s'aimer qui s'apparente à la joie du travail ; c'est le *Matin de Paris* de M. Adler, d'une très belle allure. M. Tony-Robert Fleury surprend le *Lever de l'ouvrière*, motif à camper un nu très savoureux mais dont la lumière me semble un peu trop préparée. Voici encore la théorie jolie, sobre et bien en relief des *Jeunes ouvrières se rendant au travail* par M. Danguy qui a parfaitement observé son monde. Mlle Desportes nous conduit *Au lavoir* bruyant, où les facéties agrémentent le travail des grasses commères et M. Chayllery expose *les Brodeuses*, deux gracieux profils dans une lumière blonde. Avec un sens profond du groupement et du décor, M. Louis Roger a peint *Maternités*, des femmes et des enfants qui jouent, mais les deux silhouettes noires qui vont sortir du cadre donnent à ce tableau, par leur attitude grave et mélancolique, je ne sais quelle austère beauté.

La vie n'est pas toujours bonne, il est juste d'en évoquer les misères. *Dans la rue* de Mlle Madeleine Carpentier nous montre trois enfants, des orphelins sans doute ; cette artiste expose aussi *Bébé joue*, d'un joli sentiment de mutinerie enfantine. M. Cederlund silhouette avec âpreté trois vieillards *Sans Foyer*, M. Loffredo l'*Orpheline* et M. Kurkdjan, dans une scène très réaliste et poignante, nous montre une ouvrière *Sans Ouvrage* qui pleure devant sa mère.

En fait de réalisme et d'observation, M. Pagès est évidemment un des peintres les mieux doués pour saisir les vraies nuances de la vie ouvrière. *Sur le zinc* est à ce point de vue non seulement un tableau de belle et forte couleur, mais une page définitive.

Deux réalistes aussi savent ajouter à leur observation le sentiment réel de la vie, ce sont MM. Marret et Schmaroff. *Le Retour des Chiffonniers* de M Marret nous communique parfaitement l'impression que le peintre a dû ressentir à la vue de ces êtres loqueteux et infirmes qui rentrent à Paris par un temps de neige et de froidure. *Les Ouvriers asphaltiers*, de M. Schmaroff, campent leurs silhouettes noirâtres parmi les fumées du bitume en fusion et la tonalité générale du groupement est très réussie. Citons aussi le *Chantier*, de M. Desurmont, plein de vie et de mouvement ; notons en passant la svelte *Parisienne* de Mlle Vernet, et entrons au *Conservatoire de Mimi Pinson*, par M. Synave, nous réjouir à la vue de cette jolie fourmillière de jeunes femmes qui *répètent* avec un entrain merveilleux, sous la direction sympathique de M. Gustave Charpentier. Scène vécue, d'un gentil réalisme et d'un coloris clair.

Nous voici maintenant à la campagne, parmi les paysans aux visages rudes et hâlés, aux gestes sobres. Notons d'abord les types de l'*Homme des Champs*, par M. Désiré-Lucas, silhouette rude et forte d'un paysan debout sur la terre dont il semble prendre possession ; du *Vieux Berger*, très décoratif, de M. Bilbao ; de la *Paysanne des Sables-d'Olonne*, si prestement campée dans ses petits sabots, par M. Golsstein ; des *Enfants du Pêcheur*, par M. Laîné ; et *Dans les foins*, par M. Roullier, deux artistes qui épient curieusement les jeux d'enfants ; de la *Catalane au marché*, par M. Dupuy, dont j'ai déjà noté la belle couleur et la force au portrait ; des *Laveuses*, par M. Léon Félix, jolie toile bien en lumière et en couleur ; du *Crieur public et de famille*, groupe compact, sobre en couleur et très en relief, par M. Raphaël ; du *Petit Loqueteux*, par M. Vaillant.

La simplicité des intérieurs, jointe au naturel des scènes qui s'y placent, prête un charme réel aux *Grâces*, de M. Hopwood; au *Retour du Marché*, de M. Pierre Prunier ; à *un marché*, de M. Déchenaud ; à la *Visite intéressée*, de M. Angerville ; à *Avant la Soupe*, par Mlle Marguerite Delorme, de facture large ; et au *Déjeuner de Baby*, par Mlle Térouanne.

M. Debon campe prestement les *pêcheuses granvillaises* dans une mer colorée et frémissante, tandis que M. Trigoulet peint l'*attente* avec un sentiment d'amertume et de peur qui semble river au sol ces groupes falots sur le rivage. Enfin M. Demont-Breton achève le tableau de cette vie périlleuse et aventurière par le spectacle des *Tourmentés*, ces cadavres allongés sur la rive, auprès desquels se lamentent les épouses, parmi la lueur tremblotante des lanternes.

Un sentiment délicat de la joie paysanne anime et amplifie le groupe des Bretons dévallant la colline *Après les vêpres* par M. Fauconnier et *Sortant de l'église* par Mlle Mathews. *L'orage* de M. Guindon évoque parfaitement la surprise et le retour précipité du berger et des moutons sous un ciel fuligineux et tourmenté. Nous voici loin de la Venise romantique et cosmopolite avec la belle et violente toile de Mlle Rondenay : *Le jour de la grève*. *La journée finie* de M. Baudoux respire la lassitude des paysans et l'apaisement du soir où vaguent les derniers rayons parmi les ombres bleues. Je réserve enfin M. Alcala Galiano — dont je noterai le talent aux *Artistes espagnols* — qui évoque une coutume de Bretagne : *Le Jeu de joie*, et je terminerai par M. Grau qui fait preuve d'un talent très particulier dans *Les rives de l'Escaut* et d'un sens profond de la vie des foules avec les *Halles* d'Ypres, toile grouillante où la lumière se disperse avec justesse sur les groupes animés.

La foule a son charme et sa vie propre, très difficile à saisir dans son ensemble pour ne pas suggérer au spectateur l'idée d'un arrangement imaginatif. M. Grau y excelle et, à sa suite, nous remarquons M. Horton qui peint un *jour de marché* à Vevey dans une lumière gaie et chantante de couleurs, MM. Charavel et Gourdault qui notent avec précision et pittoresque les marchés d'Espagne. MM. Maillaud et Bill qui savent colorer et aérer prestement les petits marchés de France. Dans un autre décor, M. Furt évoque la *Fête du Lion* dont les Parisiens remarqueront la note vécue et pittoresque, et M. Jonas saisit avec une justesse rapide un *Final rush* au Parc des Princes.

Des mœurs imprévues de pays où l'on ne va pas couramment en villégiature, M. Ebner nous rapporte un très curieux tableau avec *Cuisine ambulante en Hongrie*. Enfin M. Hirszenberg, avec une âpreté compatissante et vengeresse, silhouette sur la neige des steppes un groupe de juifs qui partent *En exil*. A ce tableau social peut faire pendant le *Rêve du moujik*, de M. Edouard Fournier, qui évoque les songes chauds et tièdes des malheureux paysans russes au milieu des plaines dévastées de la Mandchourie.

La vie passionnelle a suggéré à M. Ferreira da Costa une page intense et douloureuse : *La fin d'un amour*, sans apprêt, par le simple contraste d'une femme couchée et d'une lettre lue qu'elle tient encore à la main. N'oublions pas deux œuvres originales : *La femme au sablier* de Mlle Gray et *La sorcière* de Mme Lucas, car ces toiles révèlent de belles qualités décoratives. Citons enfin M. Choquet, animalier expert, qui sait nous attendrir comme il sied avec *Deux pauvres vieux*.

PAYSAGE

Le paysage, aux *Artistes Français*, manque de relief, et, malgré les nombreuses toiles exposées, aucune vision caractéristique ne demeure. On y sent des influences, des manières déjà vues, des sécheresses, des natures mortes. Nous essaierons de noter cependant les œuvres qui se distinguent par une vision personnelle et le sentiment réel de la nature végétale. L'impressionnisme n'y a pas encore pénétré beaucoup et les artistes se complaisent plutôt dans des harmonies douces et grisâtres. Les symphonies du coloris en pleine lumière n'attirent que très peu de peintres; parce qu'ils en sentent les difficultés nombreuses.

Les pays du soleil, l'Algérie, la Tunisie, ont suscité quelques toiles bien aérées et lumineuses où la couleur chante gaiement. Citons *Sur le chemin de la côte*, par M. Brigdmann, paysage décoratif où la mer apparaît toute bleue entre les arbres de la côte ; *La Fontaine au Marabout*, par M. Rousseau, rutilante parmi des verdures colorées et luxuriantes ; la belle lumière de *Kairouan*, par

M. Amédée Buffet ; les scènes très en relief de Mme Lucas-Robiquet, *Dans l'Oued-Menzel* et *Marchand de poules* ; enfin, *Une Rue de la Kasbah*, par M. Rochegrosse, grouillante de lumières et de femmes dans sa pittoresque perspective.

Du littoral nous avons *Dans le port de Nice*, de M. Beauverie, marine un peu grisâtre, mais très claire ; *Soleil levant*, de M. Claverie ; les jolis *Amandiers fleuris*, de M. Decanis ; *Le Port de Mourepiane*, près Marseille, de M. Signoret, où il y a un très bel effet de rayons et de brumes.

Nous ne reconnaissons plus la Venise éblouissante de Ziem dans les toiles sobres et claires de M. Roullet et les eaux mornes et aérées de *La Choggia*, par M. Browne, tandis que M. Lamy peint avec une richesse sourde *Le Ponte Vecchio* à Florence.

Paris a inspiré quelques bons paysages, parmi lesquels nous relevons *Le Port Saint-Nicolas*, de M. Boggs ; l'*Eglise Saint-Etienne-du-Mont*, par M. Bonneton, paysage d'hiver ; *Une Vue du Pont-Neuf*, par M. Léon ; une belle évocation de *La Ville-Lumière*, par M. Tauzin qui expose aussi *Un Lavoir à Sèvres*, clair et bleu ; la très belle toile *Reflets d'automne*, par M. Péters-Destéract, paysage aux environs de Pontoise ; et nous retrouvons le pittoresque Montmartre de M. Heyerdahl.

Nous avons toujours les lumières ambrées, les verdures opaques et roussies de M. Harpignies, les schemas très simples, mais harmonieux de M. Pointelin, et M. Petitjean expose *Un coup de vent sur la mer*, d'une belle allure, qui repose un peu de ses lumières pâteuses. Parmi les marines nous avons remarqué *Marée descendante*, de M. Jules Masure, d'un coloris gai et très clair ; *Calme du soir*, par M. Timmermans ; *Condamné*, par M. Fuller, où se balance un navire parmi des brisants.

Deux paysagistes originaux : M. Grosjean obtient des effets très beaux par des nuages moutonneux et des courbes de collines, M. Jacques Simon, très décoratif avec *Le Linge*, expose d'autre part une *Marine* très harmonieuse, où les toits du premier plan se confondent presque avec la tonalité grise et opaque de la mer.

Les bords de l'Oise ont inspiré *Fin d'automne* à M. Grandsire, œuvre aérée et colorée : le village de Moret a su charmer M. Picabia qui nous traduit parfaitement son impression, et M. Rowland nous montre *Moret en hiver*

dans une harmonie grisâtre d'une douce poésie. Dans cette
évocation des villages, nous citerons aussi les belles toiles
de M. Léon Ruffe avec *Cancarel* ; le pittoresque et *Pauvre
village morvandiau* en hiver, de M. Rameau ; les *Rue de
village*, de MM. Camille Louvet et Dambeza ; *La Chau-
mière* entourée de fleurs, par M. Dabadie.Ces peintres com-
prennent la poésie rustique des villages et en traduisent le
pittoresque avec émotion. J'allais oublier *Nos vieux villages*, de Mlle Pèpe, qui traduit avec un charme mélancolique la solitude et la paix des hameaux, et dont on se rappelle le très beau paysage de l'an dernier. Dans ce sentiment
tendre de la nature, nous avons *Vielle carrière*, de
M. Pape ; *Une ancienne carrière*, de M. Mostyn ; *Carrière
abandonnée*, de M. Bullio ; les silhouettes d'église par
M. Houzé et Mme Moujon-Gauvin et *La vieille église*, de
M. Jansen, œuvre très originale avec ses lumières blan-
châtres et ses ombres bleues.

Un talent très harmonieux est M. Cauvy dont les deux
envois *Vallée en Languedoc* et *Bords de canal* promet-
tent beaucoup. Dans une vision plus adoucie, nous avons
encore les belles toiles poétiques et sobres : *Quand vient
la nuit* de M. Cachoud, *Novembre* de M. Louvrier de Lajo-
lais, *Lever de lune* par M. Spence, *Matin* par M. Eaton,
Quand les feuilles tombent par M. Feudel, *les Sablières
du Rhône* par M. Firmin, *Petit Bois* par M. Girard et le
très beau *Paysage* de M. Weiss. Je terminerai par deux
envois *Nymphe et Faune* de M. Creswell, scène qui prête à
la traduction d'un paysage lumineux et la *Nuit de Noël* par
M. Demont, d'une réelle harmonie malgré sa lumière composée.

INTÉRIEURS, NATURES MORTES ET FLEURS

La salle Rubens par M. Louis Béroud est claire et gaie et
la conception — quelque peu bizarre — de *A la gloire de
Rubens* est parfaitement dans le ton du maître par sa luxu-
riance de chairs grasses. M. de Castro me paraît posséder un
sens délicat des intérieurs et *la Chambre Jaune* dénote
beaucoup d'originalité, ainsi que *Le Violoniste* du même
auteur. Les voûtes de Saint-Sulpice ont en M. Baconnier un
poète épris de leurs ombres et des pâles reflets des nefs.
M. Oakley peint dans une douce lumière un *Intérieur*

breton, mais je n'ai pas bien compris *l'Enfileuse de perles,* de Mme Oppenheim, œuvre d'aspect assez étrange d'où je ne retiens que le bel effet de lumière blonde.

Parmi les « natures mortes » l'envoi de Mme Dubron me paraît avoir la priorité par la réalité vivante de ce jambon, de cette nappe et de ces porcelaines enveloppés de lumière. J'ai beaucoup aimé les délicats réflets de *Le Thé* par M. Henri Collin, de même la réalité savoureuse du *Poulet* de Mme Glaçon et des *Huîtres* de Mlle Moussy. Nous retrouverons l'exquise fraîcheur de Mme Riva-Munoz et notons les fruits savoureux de M. Delavoipierre.

Nous avons aussi les *Desserts* de Mme Moreau de Tours, talent sobre, net et vigoureux, les *Brioches Parisiennes* de Mlle Lasibille et les *Cuivres* flamboyants de M. Grün.

Les peintres de fleurs savent en saisir le caractère et la grâce éphémère. Nous avons la très belle *Serre d'Azalées* de Mlle Marcotte, *Le Chinois aux roses* de Mlle Jaconin, œuvre délicate, les *Roses Blanches* de M. Perlmutter, les fragiles *Boules de Neige* de M. Fanty-Lescure, les *Tulipes* de M. Gardon et les fleurs floues de Mlle Giesler. Enfin, notons les *Chardons* de M. Cauchois et l'extraordinaire *Bouquet de Chardons* de M. Jung, chardons qu'on dirait brochés, tant les pétales rutilent sous leur reflet d'argent.

SCULPTURE

La sculpture comporte bien des expressions, depuis le simple portrait jusqu'au symbole, en passant par les types et les états sociaux.

Parmi la multitude des bustes quelconques où figurent des gens connus, des inconnus, des auteurs morts, nous ne nous arrêterons que devant ceux qui se distinguent par le naturel absolu de la physionomie, la grâce et la vie. Nous citerons donc les bustes signés par MM. Baenteli, Bénet, Léon Gaillard et Bertault ; les gentils portraits dus au ciseau de MM. E. Guillaume, Bourgoin et Jean Robert ; le portrait très enlevé signé La Porte-Blairsy ; un buste très beau, simple et naturel, par M. Merzeau ; le *Portrait de ma mère,* par M. Quillivic ; le portrait d'Anatole France, par M. Bony de Lavergne ; le portrait preste de M. Hertenberger, par M. Piquemal ; *Etude* de Mme Lauth, buste très remarquable par la grâce charmante de cette femme qui, les yeux baissés, exprime le sentiment exquis de la pudeur. Enfin, M. Achard modernise absolument la sculpture par des portraits élégants et bien enlevés. Les *Amants de Venise : Alfred de Musset*, par M. Granet, paraît guindé et raide, tandis que M. Sicard prête à *George Sand* une gracieuse attitude romantique ; M. Sicard expose aussi un buste ravissant de *Mme S.*

Parmi les études caractérisant des sentiments ou des attitudes psychologiques, nous remarquerons *Helena*, de M. Sudre, symbole de l'orgueil ; une sobre *Manon*, de Mlle Colombier, et une orgueilleuse *Lucrèce*, de M. Perez-Mujica ; *Découragement*, de M. Savine, nu viril de femme affalée ; *Le Réveil*, par M. Philippe, d'un mouvement très réussi ; *Réconciliation*, par M. Albisetti, groupe passionné et vibrant ; *Joie maternelle*, de M. Bailleul, où la mère dit toute sa tendresse affectueuse ; *Méditation*, de Mlle Bricard, femme très naturellement accoudée dans sa nudité souple ; *la Tendresse humaine*, de M. Vital-Cornu, groupe charmant traité avec force et sobriété ; *Une Page de Roman*, par M. Ter-Maroukian, femme nue allongée, dont toute la chair se tend vers le désir amoureux.

Il nous faut distinguer les symboles d'après l'antique, les symboles abstraits et ceux tirés de la vie moderne.

Dans le premier genre, nous avons l'envoi vraiment surprenant de Mlle Claudel : *Vertumne et Pomone*, groupe charmant de vie ; une *Diane*, de M. Dolgorouky, légère avec son levrier ; deux *Bacchante*, l'une massive, de M. Binder, l'autre nerveuse, endiablée, aux formes jaillissantes et souples, de Mlle Colombier, dont on peut attendre une très belle œuvre.

Notons aussi deux œuvres charmantes de grâce légère : *Jeunesse*, par M. Pommier, et *Amour*, non catalogué.

Dans le symbole abstrait, nous remarquons la forte et originale conception de *La Raison*, par M. Théodore Rivière ; le mouvement joli de *La Comédie lyrique*, par M. Marius Roussel ; la belle attitude suggérée à *La Brume*, par M. Costet ; l'entrain vivifiant de la femme qui personnifie *La Vigne*, par M. Chevré ; la conception originale et la puissance charnue de *La Sève*, par M. Loys.

Les symboles modernes offrent en général plus de relief et évoquent parfois des idées peu gaies. Ce sera d'abord *La Traversée de la vie*, par M. Stecchi, d'une conception vraie mais d'une sculpture un peu maniérée ; groupe de trois

femmes qui personnifient l'inquiétude de l'avenir, le regret
du passé et l'insouciance joyeuse des caractères qui prennent le temps comme il vient. *Après le péché*, de M. Bonny,
est d'un beau mouvement, mais pourquoi *Après le péché ?*
La Grotte d'Amour, de M. Derré, est autrement saine et
réconfortante ; si on doit l'édifier sur la Butte, on ferait bien
d'y adjoindre cette preste et alléchante personnification de
Montmartre, par M. Camel. *L'Homme et la Misère*, par
M. Jean Hugues, nous replonge dans les affres obscures de
la vie où l'homme se débat en vain, et j'aurais préféré voir
le symbole absent de cette silhouette âpre de travailleur, par
M. Lecomte du Nouy : *Le Fer qui donne du Pain*. La grève
a suggéré quelques œuvres un peu mélodramatiques, mais
il est bon que les artistes écoutent ces voix populaires qui
donneront à leur pensée une force nouvelle et à leur art la
véritable orientation de la vie. N'est-ce pas aussi un symbole, cette *Marche funèbre* de M. Cordonnier, que j'aimerais plus dégagée. Enfin, *la Dernière Étape*, de M. Gaul-
tier, est bien le suprême effort du vieillard vers le trou d'ou-
bli et de paix.

Nous avons maintenant quelques types sociaux assez bien
vus et traduits, des petites scènes de l'existence, mises en
relief avec un art qui essaie de se débarrasser des leçons de
l'École, dont on sent ici l'influence involontaire.

Je mettrai tout de suite en avant le talent sobre et viril de
M. Bouchard dont le *Faucheur* et les *Bardeurs de fer* ne
manquent pas d'allure et de force. Également à part, le
talent net de M. L'Hoest, dont *Après le labeur* — cet ou-
vrier attentif qui songe aux pensées inspirées par la lecture
de *Travail* — récèle une justesse sobre et concentrée dans
la vérité de l'attitude. Dans un autre sentiment, je signalerai
particulièrement l'art gracieux et souple de M. Beury. *L'Écho*
et *Captive* sont deux œuvres très belles, deux nus vigoureux et nerveux qui contiennent les espérances les plus
certaines.

Nous avons maintenant les types pittoresques du *Violon-
celliste*, par M. Alliot, et du *Vieux musicien*, par M. Rul-
lon, du *Berger*, dont le vent soulève le manteau, par M. Ch.
Vincent ; et de la *Béarnaise tricotant*, par M. Tisné, œuvre
d'un beau réalisme. Réalistes aussi les envois de M. Noé :
Leurs peines, vieille femme accroupie qui dit ses peines
par la lamentable exposition de sa nudité ; de M. Pimienta :
Vieille femme en prière ; de M. Picaud : *Pauvres gens* ;
de Mme Pionnet : *La Petite Chanteuse des rues* ; de

M. Robert Champigny : *Orpheline* ; de Mme Roche : *Le Dernier morceau de pain* ; de Mme Lindner : *Contre le vent*.

Remarquons aussi deux œuvres rustiqnes intitulées : *Le Soir*, de M Menque — une paysanne et un paysan qui reviennent du bois chargés de fagots — de M. Jacquot, — une femme qui, dans le répit du travail, répare le désordre de sa chevelure.

Signalons encore les types un peu guindés du *Forgeron*, par M. Moulin, et du *Mineur*, par MM. Bloch et Iselin qui expose une silhouette pittoresque de vieillard, M. Antoine Vieille.

Nous ne pouvons oublier *La Danseuse aux crotales*, si légère, de M. Vaury ; *Etude*, d'inspiration antique, par M. Bebin, — homme qui boit dans un coquillage ; — *Jeunes Indiens chassant*, groupe vivant et sauvage par M. Laliberté ; l'expression profonde du *Penseur*, de Mlle Itasse ; l'évocation du *Dante aux Enfers*, par M. André Jacques ; et la chute si réaliste de *Henri Regnault mort à Buzenval*, par M. Jollo.

Parmi les monuments funéraires et autres, nous signalerons les œuvres de MM. Charles Breton et Magrou, d'une simplicité charmante ; de M. A. Mercié, à la mémoire d'Armand Silvestre ; de M. Henry Cross, pour l'apothéose de Victor Hugo.

MM. Delandre, Federspiel, Lemaître et Vacossin traduisent avec pittoresque des scènes cynégétiques ou se montrent coquets animaliers.

Enfin, la note gaie est donnée par M. Descatoire avec *Le Conte du vieux faune* où deux femmes s'esclaffent joliment autour d'un œgipan au sourire polisson, par M. Soudbinine qui sculpte des masques poupins de vieux avec des ailes et les intitule railleusement : *Les Chérubins en retraite*.

PASTEL, AQUARELLE, DESSINS

Il y a beaucoup de pastellistes et, dans ce genre, la femme met presque toujours une grâce et une délicatesse qui en rehaussent la fragilité. Mlle Greene, avec *la Toilette* et la *Brodeuse*, apporte la même légèretéde touche que dans sa peinture. Nous signalerons plus spécialement *Etude* de Mlle Droisy, *Portrait de ma mère* par Mlle Joanne, *Femme au voile bleu* et *Rêverie* de M. Triquet, un *Monotype* de M. Ridel, l'homme au piano de M. de Castro. *Coquetterie* de Mme Desjeux, un *Portrait* élégant de jeune fille auprès d'un bouquet de fleurs bleues par Mlle Faye.

Nous sommes réduits maintenant à citer les noms de Mlles Adour, Boucher, des Garets, Géraldy, Godin, Perrier, Provost ; de Mmes Guillaumot, Hœrner, avec un très beau nu, Richard-Troncy ; de MM. Griffiths, Jeannin, Hall, Cossard, Baschet, Bicheff, Weismann, Lard, Horwitz et Strakosch. Tous ces pastellistes se recommandent par un bon goût joint à un sens très profond de la vie.

Nous avons aussi les délicates aquarelles de Mlles Chayllery et Binay, le joli trumeau de M. Henshall, *Premiers jours d'automne* de M. de Launay, le sobre et vigoureux *Temps d'orage* de M. Eugène Villon.

Remarquons les dessins si réalistes de M. Manceaux, les croquis militaires de M. Larteau, le portrait d'Umbricht, le remarquable *Berger* de M. Vayson et *les Vieilles*, un fusain de M. Jonas. Terminons en citant la sobre et légère sanguine de Mlle Trancart et le portrait de jeune fille par M. Henri Royer.

EAU-FORTE, LITHOGRAPHIE, GRAVURE SUR BOIS

Ces genres, auxquels certains artistes modernes ont donné un vigoureux essor, sont aussi fort en vogue aux *Artistes français*. Mais beaucoup d'exposants se contentent d'interpréter des œuvres déjà parues. tel M. Petijean qui enlève prestement *La Fouille au Dépôt* de M. Zier, telle Mlle Lhermitte qui lithographie *Douceur de vivre* du même artiste, tel M. Corpet avec le portrait de Georges Rodenbach, tel M. Sulpis qui rend assez bien les *Vices* de Mantegna.

Mais parmi les aquafortistes originaux nous avons relevé les envois de M. R. du Gardier, très décoratif. qui apporte en ce genre la même légèreté de couleur que dans la *Croisière, Les Charbonniers* de M. Brémond. l'*Oratoire* de M. Affleck, la touche sobre et forte de Mlle Cuisinier et de

M. Frélaut, un Balzac vigoureux de M. Mignot, un portrait léger de M. Lequeux, les œuvres de MM. Piquet, Roy, Potin, Ligeron, Vanni et de Mlle Versel dont l'eau-forte a je ne sais quel air de vieille estampe.

M. Belleroche lithographie avec légèreté des figures et des attitudes et, dans la gravure sur bois, nous signalerons *Dans les roseaux* de M. Ardail et l'art si sobre et si vigoureux de M. Eugène Vibert.

MINIATURES, ART DÉCORATIF

Dans cet amas de miniatures, nous avons remarqué une *Dame du XVIIIe siècle*, de Mlle Power, tout à fait gracieuse et traitée avec une légèreté telle que l'on pourrait, dans ce sens, renouveler la banalité courante de la miniature ; *Contemplation* aussi de Mlle Schmitt laisse espérer ce renouveau.

L'art décoratif continue son évolution luxueuse sans apporter le moindre souci de vulgarisation artistique que nous devons lui demander.

Relevons cependant les envois très en relief de MM. Filliard et Cesbron ; les beaux projets de tapisserie de MM. Hiolle, Rapin, Aug. Matisse, de Mme Maillaud ; les projets de vitraux de MM. Jacquier et Kirchner ; les objets d'art de MM. Lalique et Habert-Dys.

J.-C. HOLL.

Mai 1905.

Troisième Exposition

DE L'ASSOCIATION DES ARTISTES ESPAGNOLS (1)

L'exposition s'est ouverte sous la présidence d'un mort
Daniel Vierge. Ce nom que l'on remarqua pour la dernière
fois à la *Société nationale*, avec une *Judith d'atelier*,
incarne bien l'Espagne violente, picaresque et romanesque,
chevalière, pétulante et étourdissante. Le talent prestigieux
de Vierge qui s'est multiplié dans l'illustration tient du génie.
Maintenant que l'homme est mort, l'artiste appartient à
l'Histoire et, à ce titre, il restera l'évocateur prodigieux de
notre époque moderne brûlante et fiévreuse, qui se mouve-
mentait sous son crayon. comme une fresque immense et
prolifique. Bornons-nous ici à saluer du plus profond respect
la mémoire de ce génie qui sut créer selon l'admirable fantaisie de son cerveau.

Nous devons toujours encourager ces associations d'artistes étrangers qui viennent demander à Paris la consécra-
tion de leur talent. C'est la meilleure suzeraineté dont on
puisse honorer la Ville-Lumière et, comme hôtes, nous
devons accueillir ces artistes avec la plus franche hospitalité.

De ces vingt-deux exposants, nous détacherons de prime
abord deux noms : MM. Canals et Alcala Galiano, parce qu'ils
se montrent franchement originaux et personnels.

J'aime beaucoup la peinture de M. Canals ; elle nous représente l'Espagne animée, passionnée et voluptueuse, où les
sentiments s'inscrivent dans un sourire, une œillade, une
cambrure des reins. C'est l'Espagne et c'est l'Espagnole avec
une figure rieuse ou faunesque, des yeux qui prennent toute

(1) Chez MM. Durand-Ruel en juin 1904.

la face et disent le désir voluptueux ou sanguinaire, le frisson
du sang devant le taureau, la pamoison brève du désir dans
la promenade qui succède à la course.

Ces yeux — un monde — sont fascinants comme des
âmes mises à nu, brûlent — tels des diamants noirs — dans
la chair rose et pâle des faces passionnées et ces yeux, c'est
toute l'Espagne et c'est toute la femme espagnole dont nous
sentons confusément en nous les affinités de race et les ata-
vismes. M. Canals est un coloriste, original et sincère, qui
clarifie les ombres, les groupes et les chairs d'une impalpable atmosphère de lumière. On sent la vie grouiller dans
ses toiles, comme l'expression même de cette Espagne gaie
qui vit dans la joie du soleil et du désir.

M. Alcala Galiano se plaît, au contraire, dans une sobriété
grave, comme si l'influence de Ribéra dominait en lui. Sa
peinture forte, à larges oppositions, est cependant très harmonieuse et dénote un tempérament vigoureux qui man-
querait d'analyse. Ses paysages de Hollande rappellent un
peu la Bretagne d'un Cottet plus jeune. On croirait, à regarder ses tableaux, que l'artiste possède un œil synthétique
qui voit les tons violemment et les pose trop proches du
regard des spectateurs. M. Alcala Galiano est évidemment
un tempérament auquel il manque la vision longue. A regarder ces tartanes qui se reflètent dans la mouvante profondeur des eaux, il nous vient un regret, celui de ne pas
voir le grouillement multicolore du prisme aquatique.

Si j'avais un conseil à donner, je proposerais à M. Galiano
de regarder très longtemps les récentes toiles que Monet
rapporta de Londres. Devant ces harmonies de la Tamise,
M. Galiano se découvrirait un talent de visionnaire harmonieux, surprendrait sans doute le secret de cette magie du
coloris et retrouverait dans sa palette une délicate variété de
tons que l'on soupçonne chez lui, mais qu'il n'affirme pas
suffisamment.

En face de ces deux peintres d'un art viril, nous mettrons
de suite en opposition le pseudo-art de M. Juan-Sala d'une
facilité désespérante. A notre époque d'impressionnisme et
de nerf où notre sensibilité acquiert une vibration spontanée
des choses les plus complexes, où notre œil se froisse du
poncif, comme d'une mauvaise plaisanterie, nous devons,
sans respect de l'hospitalité, condamner froidement cette
peinture léchée et veule dans laquelle s'illustrèrent les
Bouguereau et tous les écoliers du pinceau qui mirent leur
gloire vaine à faire de la peinture une photographie en cou-

leurs. M. Sala ignore-t-il que nous avons surabondamment de ces peintres et qu'il est inutile d'encombrer les cimaises de ces fadeurs ?

A sa suite et pour les mêmes raisons nous mettrons M. Léon Garrido et Mme Billet qui nous sont franchement antipathiques.

M. Acevedo Bernat ne se dégage pas assez de cette manière surannée et fausse mais je loue sans restriction : *Attente inutile*, ces deux mendiants d'un réalisme cruel. Que M. Bernal persévère dans cette voie faite d'observation franche sans souci du procédé, sans faiblesse pour de fâcheuses réminiscences.

M. Alonzo Perez reste aussi l'esclave de cette manière. Par la couleur, ses toiles rappellent certains chromos accrochés dans les chambres d'hôtel. Cependant cet artiste a le sens de la composition et surtout de la lumière. Qu'il habitue son œil à voir les choses autrement que dans le rose et il deviendra un coloriste de premier ordre.

De même, M. Garnelo est tout à fait mauvais dans ses restitutions mythologiques mais il laisse deviner son talent dans cette interprétation d'une poésie de Campoamor, toile forte d'une belle couleur chaude.

A propos de couleur, M. de Ochoa ne semble pas se souvenir de l'Espagne, mais cherche dans les brumes du Nord ou de Paris le leid-motiv d'une peinture effroyablement terreuse et terne. Même sur le Pont-Neuf ou en Normandie le soleil a des vibrations polychromes.

Par contre, MM. Checa et Pedro Ribera ressuscitent les clartés rouges d'un factice criard et obsédant, et s'amusent à des peintures au feu de bengale, peintures d'une dissonance véritablement agaçante aux yeux. Néanmoins, j'ai beaucoup aimé la couleur naturelle et la lumière douce des *Chevaux à l'abreuvoir* de M. Checa, de même que les paysages du Mont-Blanc de M. Ribera pour leur sérénité claire et majestueuse.

M. Luque est par trop synthétique, et je ne conseillerais pas à M. Mezquita de s'attarder à ces jeux de cache-cache avec le soleil dans la *Sieste*. C'est trop composé, sans aération suffisante, et surtout sans recherche du coloris ambiant.

M. Bustos de Lara expose une tête de nègre d'une parfaite justesse où se devine un sentiment de réelle aptitude à l'observation pure et simple de la nature. M. Arcos se révèle dans l'*Attente*, bien tentante, mais d'une couleur un peu crue.

De M. Yzern, je me bornerai à dire qu'il peint avec justesse, sans originalité prédominante. Avec Mme de la Riva-
Munoz, nous revenons à la belle et saine couleur des raisins
et des grenades, des cerises et des roses. Cette artiste peint
avec des yeux très clairs et ses fruits ou ses fleurs semblent
distiller en leur transparence les essences aimées des na-
rines voluptueuses et les sucs familiers aux palais friands.
Ces « natures mortes » ont une réelle saveur.

Voici trois artistes qui, malgré quelques faiblesses, se
dessinent de fort bons peintres : MM. de Egusquiza, Daniel
Hernandez et de Madrazo. M. de Egusquiza dans *Son premier souvenir* nous apparaît très harmonieux, soucieux de
la parfaite consonnance des nuances de sa palette, avec une
légèreté de touche qui s'allie à merveille au sujet d'une
tendre mélancolie.

M. Daniel Hernandez, dans *Jeunesse*, commet un péché
de jeunesse pour la réminiscence de cette peinture léchée
dont je parlais plus haut. Mais il se montre tout à fait
fort dans la *Prière*, cet homme simple et rustique dont la
sérénité croyante poétise le visage rude. *Pensive* est une
délicate vision de grâce et de lumière, quoique je préférerais
la clarté du fond atténuée.

M. de Madrazo est un artiste de race à qui je reprocherai
tout d'abord *Bourgeons de printemps*, d'un maniérisme
de mauvais goût et d'une dissonnance criarde. Je n'aime
pas beaucoup non plus ses *Effets de nuit* pour leur lumière
trop sourde et leur dessin sans pittoresque. Mais le *Portrait de Mme la comtesse de la B...* est si délicat et si
discret qu'on oublie et que finalement on réserve sa plus
franche admiration à la *Symphonie en blanc et or* d'une
harmonie délicate et pure. Cette toile, d'une beauté discrète, est une véritable symphonie de candeur et de charme,
par cette attitude de jeune fille pensive et souriante dont le
regard souligne la fraîcheur adolescente.

Pour terminer cette étude, nous nous arrêterons devant
la *Tête de vieillard* de M. Miguel Blay, sculpteur viril qui
sait joindre à l'observation aiguë des êtres un doigté rare à
saisir le caractère de la physionomie.

Comme décorateur, M. Obiols est amusant, varié, sug-
gestif et harmonieux ; il continue la rénovation de l'ameublement par l'appropriation de ses accessoires au style nou-
veau, où les fleurs ont des contours de rêve et les femmes
des ondulations de sirènes. Il connaît la femme, sa souplesse de fleur, la mobilité fuyante de ses gestes et surtout

la saveur moderne de ses attitudes. Aussi cette maquette en plastiline : *Portrait de Mme Labelle*, dénote non seulement un sculpteur de premier ordre, mais un artiste amoureux des cambrures féminines et de l'élégance raffinée du geste. Cette statuette ne jurerait pas, certes, à côté de prestigieuses Tanagras, car elle possède, comme elles, le mouvement, la ligne nerveuse et souple de la femme, ce rien de sensuel et de frémissant que nous nous plaisons à rencontrer dans la Parisienne.

Et puis, le modèle était irrésistible.

N'aimeriez-vous pas, au lieu d'une Diane quelconque, retrouver sur votre cheminée de salon la statuette d'une amie, d'une parente, d'une femme aimée?

Pour cela, encourageons ces essais de petite sculpture décorative et familière que nous avons admirée au dernier Salon dans les envois si savoureux de M. Vallgren.

J.-C. HOLL.

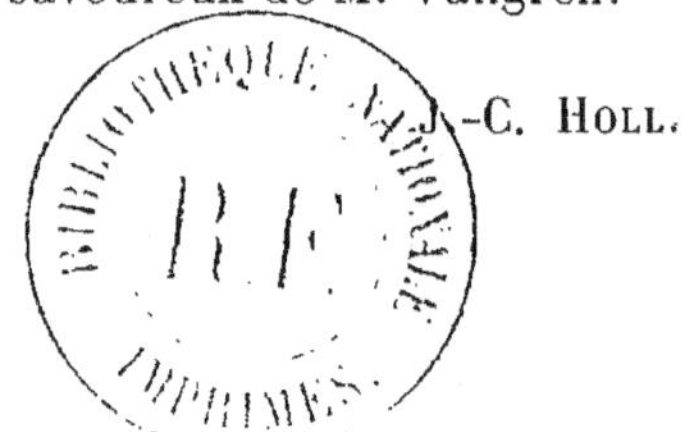

www.ingramcontent.com/pod-product-compliance
Lightning Source LLC
LaVergne TN
LVHW010324030726
842520LV00004B/1248